Pfennigdepressionen

Erstveröffentlichung Juli 2014

AF138718

Herstellung und Verlag:
BoD – Books on Demand, Norderstedt

ISBN 9783735739100

Inhaltsverzeichnis

Sprichwort

Wer den Pfennig nicht ehrt,

ist des Talers nicht wert.

Na, ob das wohl so ist?

Vorwort

Das Gebrauchtwerden ist ein Geschenk,
welchem man immer gern gedenkt,
je mehr es wird Dir auch geben,
desto besser ist das Leben,
kommt's mal vor das dus nicht hast,
geb Mühe Dir bis bald es passt,
denn kommt es zu Dir gar nicht nie,
bist Du dann traurig bis ganz weiß nicht wie,
Traurigkeit ist eine Pein,
wenn dus kannst las nicht sie rein,
ist's der Trauer dann zuviel,
kommt die Psyche mit ins Spiel,
diese Psyche kommt daher und macht dein
Leben extra schwer,
kommt der Kopf nicht bald ins Lot,
bist du leider mausetot.

Ulrich Tamm 22.4.2014

Vorgeschichte

Eigentlich bin ich ja noch gar nicht geboren, aber meine Geschichte beginnt schon viel eher und viele tausende Kilometer entfernt.

Weit entfernt in einem sehr öden Landstrich auf der anderen Seite der Weltkugel, da in der australischen Ebene liegen die materiellen Wurzel meiner Herkunft. Die planerischen Ästeleien wurden jedoch im fernen Deutschland, damals noch BRD, gesponnen.

Aber nun mal eins nach dem Anderen.

Da auf der anderen Weltseite gab es eine Gegend in der die Bodenzusammensetzung sehr eisenhaltig gewesen ist. Dieser Boden, auch weithin als Erz bekannt, wurde hier mit sehr großem Aufwand abgebaut. Viele Maschinen und noch viel mehr Menschen hatten sich hier zusammen gefunden, um den gewachsenen Boden zu zerkleinern.

Hier wurde mit großen Maschinen gebohrt, viele tausend Löcher, eng an eng. Über Tage wurde so eine riesige Fläche bearbeitet, es sah aus wie ein überdimensionales Sieb. Loch an Loch an Loch...... Und dann wurden alle Löcher in mühevoller Kleinarbeit wieder verstopft, ich habe es nicht verstanden, denn wenn da keine Löcher sein sollen, warum haben sie diese denn erst gebohrt?

Als endlich alles wieder geschlossen war, da hörte man in der ganzen Umgebung Trompetensignale, dann trat Stille ein und Karwummmmm flog der ganze, über Jahrtausende gewachsene Boden, mit einem Mal zig Meter in die Luft und ergoss sich in einem Niederschlag aus Brocken, Steinchen und Staub wieder auf die Erde zurück.

Als der Staub sich dann gelegt hatte, war das ganze Chaos zu erkennen. Nicht das die Landschaft vorher eine reine Schönheit gewesen ist, nein, aber jetzt sah man hier nicht mal mehr eine Landschaft, sondern nur noch Zerstörung.

Aber das schien hier niemanden zu stören, denn nun kamen die Schaufelbagger schoben die abgesprengten Teile so gut wie möglich zusammen und verluden das Geröll auf große LKW-Kipper. Damit begann ein Transport, dessen Ziel man schon von weitem erahnen konnte. In der Ferne stieg eine große Staubwolke auf und die war schon weit vor der akustischen Ortung sichtbar. Dieser Ort, voller Schmutz und unerträglichem Lärm, diente nur dazu die Erzbrocken auf eine handlichere Größe zu zerkleinern. Die Kipper luden ihre Last in großen Trichtern ab und fuhren wieder zurück, für die nächste Tour.

Aus den Trichtern liefen die Erze über Rüttler in große Brecher, welche sie in der Größe von Äpfeln wieder verließen und per Transportband auf Güterzüge verladen wurden. Güterzüge mit einer Länge von mindestens 5 km und jeweils fünf Dieselloks zum Ziehen und zum Drücken des langen Wurms.

Mit diesem Transportvehikel ging die Reise an die Westküste.

Unter einem wiederum hohen Aufwand wurde das ganze Erz auf große Schiffe verladen und auf den weiten Weg nach Rotterdamm geschickt.

Spätestens hier, aber allerspätesten hier, muss doch jeder, aber auch wirklich jeder denken, dass aus diesem Erz eine sehr wichtige, wenn nicht sogar die Allerwichtigste Sache der Welt geschaffen werden muss.

Und genau so habe ich das auch gesehen.

Ich. Ja wer bin ich denn überhaupt?
Denn eigentlich gibt es mich ja immer noch nicht.
Aber als Planung liege ich schon lange vor und aus einem Teil dieses Erzes werde ich entstehen.

1984

Anfang Januar machte unser Schiff in Rotterdamm fest. Wir, das Erz, wurde gelöscht oder entladen, wie man das auch immer nennen mag. Jedenfalls wurden wir mit einem Kran aus dem Bauch des Schiffes gehievt und wieder auf ein Transportband verbracht. Von hier ruckelten wir mehrere Kilometer bis wir kopfüber in Wagons fielen und zu einer erneuten Bahnfahrt Richtung Ruhrpott zusammengestellt wurden.

Da die Züge in der BRD nicht so lang sein konnten, ging unser Weitertransport auch bald los. Gemütlich bummelten wir durch bewaldete und ländliche Landstriche. Aber irgendwann ließen die schönen Landschaften nach und gingen in eine erst gräuliche und dann graue Industrielandschaft über. Fördertürme, Industriehallen, Fabriken, Kohlenflöze und Hochöfen prägten die ehemalige Natur. Irgendwie sah alles vergiftet und ungesund aus.

In der Nähe eines Hochofens wurden unsere Wagons entladen und das Erz auf Halden, zu großen Bergen zusammen geschoben.

Ein kontinuierliches Kommen und Gehen von Radladern, ließ unseren Berg ganz rasant wieder verschwinden. So jetzt wurde auch mein Erzbrocken geladen und dem Bestückungselevator des Schmelzofens zugeführt. Als schön warm empfand ich die Temperaturen über dem Ofen, aber die kleinen Menschlein in ihren silbernen Schutzanzügen mussten bestimmt eingehen von den hohen Temperaturen.

Langsam näherten wir uns der Bestückungsklappe und konnten schon mal einen Blick in die flüssige höllenrote

Masse und deren Fegefeuerflammen werfen. Je näher wir kamen umso unangenehmer wurde mir die Vorstellung, da hinein zu fallen und geschmolzen zu werden.
Aber mein Schicksal war besiegelt, auch ich fiel durch die Klappe hinunter in die Tiefe. In der breiigen heißen Flüssigkeit schmolz ich schnell dahin und in diesem Wechsel von einem Aggregatzustand zum nächsten teilte ich mich auf. Das schwerere Eisen sank nach unten, während der leichtere Teil, die Schlacke oben auf schwamm.

Durch einen Anstich im unteren Bereich lief ich, ein kleiner Metallanteil aus dem Höllenofen in einen Fertigungsprozess, an deren Ende große dünne Metallbleche entstanden, die beidseitig mit Kupfer plattiert waren.
Damit aber noch nicht genug nein, jetzt durchliefen wir noch eine Stanze, die aus den schönen Platten ganz viele runde Scheiben presste. Millionen von Scheiben, eine wie die Andere und immer weiter.
Scheinbar war hiermit die Vorfertigung abgeschlossen.
Denn dass diese Scheibchen das Endprodukt darstellen sollen, konnte ich mir gar nicht vorstellen.

Was für ein unsäglicher Aufwand wäre das denn auch gewesen?

Na ja, aber Menschen machen öfter mal Dinge, die sie selbst nicht verstehen.

Einige Tage standen wir Scheibchen jetzt herum und harrten der Dinge die kommen würden. Und tatsächlich wurden wir zu einem späteren Zeitpunkt in kleineren

Einheiten, zu jeweils 10 kg, in Säcke verpackt und verschlossen.

Die gesamten Säcke wurden zu vier Transporten zusammengestellt und an die verschiedenen Prägeanstalten ausgeliefert. Meine Tour ging nach Hamburg, wobei meine Scheibenbrüder nach München, Stuttgart und Karlsruhe fuhren.

Hier in der Prägeanstalt, bei der Hamburgischen Münze, durchliefen wir noch viele Maßkorrekturen und unser Gewicht wurde auch noch mal überprüft. Viele meiner Brüder wurden aussortiert und vernichtet. Aber wir der Rest, der alle Prüfungen überstanden hatte, der für gut befunden worden war, der, ja der wurde zu etwas ganz besonderen auserkoren.

Wir sollte Münzen werden, Münzen mit einem richtigen Wert.

Jeder wollte uns haben.

Wenn man viele von uns hat dann ist man reich.

Also waren wir begehrenswert.

Ich wurde richtig stolz und jetzt konnte ich auch alles verstehen, was bis jetzt passiert ist, für so etwas Wichtiges ist es bestimmt auch gerechtfertigt, das man am anderen Ende der Welt einen ganzen, wenn auch nicht schönen Landschaftsstreifen zerstört hat, oder?

Wir wurden die 1984ger. In allen vier Prägeanstalten wurden wir, die zwanzigste Auflage seit 1950 geprägt. In dieser Auflage entstanden 650 Millionen Pfennige und davon 200 Millionen mit einen J zwischen den Ähren über der 1.

Dieses J bezeichnete die Prägeanstalt Hamburg.

Für München stand das D, für Stuttgart das F und für Karlsruhe das G.

Ich kam blank und strahlend, als 152.347.214er Pfennig der Hamburger Prägung von 1984, aus der Stanze.

Ich, ein Geldstück mit eigenem Wert, das auch noch der berühmten Familie der D-Mark zugehörig war, was konnte einem noch schöneres passieren.

Ich war froh und stolz und und und.

Die Wichtigkeit unserer Art konnte man schon an der Menge der geprägten Münzen erkennen.

In 1984 waren es 650.000.000 Stück und seit Beginn unserer Art, also ab dem 06.05.1950 bis heute, wurden wir 11.693.000.000 mal geprägt und es sollten noch viele mehr werde.

Einige Zahlen.

Das Gewicht der Pfennige bis 1984 betrug 23.386.000 kg. Wenn man alle Pfennige aneinander gelegt hätte, dann wäre eine Strecke von 192.934,5 km dabei heraus gekommen. Damit hätten wir fast 5 x die Erde umrundet.

Gestapelt hätten wir eine Höhe von 16.136,34 km erreicht.

Und zum Schluss. Zusammen hatten wir einen Wert von 116.930.000 DM. Wowwww.

Was mich später aber mal nachdenken ließ, das war die Frage 'wozu braucht jeder Mensch 212 Pfennige'.

Es gab ca. 55 Millionen Einwohner in der BRD, mit Kindern, Omas und Opas und jeder musste im Schnitt 200 Pfennige haben, Wozu?

Des Rätsels Auflösung folgt später.

So blitzeblank wie wir waren, wurden wir zu jeweils 50 Stück in eine Papierhülse gesteckt und in Säcken zu je 1.000 DM verpackt. Von hier aus ging die Reise in die ganze Republik, von Bayern bis Schleswig-Holstein und von Saarbrücken bis Hessen, alle Banken, Sparkassen und andere Geldhäuser wurden mit uns beliefert.

Meine, ich denke bestimmt auch unsere, Aufregung wurde immer größer. Die Neugier, wie unsere Existenz wohl weiter verlaufen wird, ging fast ins Unermessliche. Ich weiß nicht mehr was ich mir so alles vorstellte, aber einiges ist mir noch in Erinnerung.

Ich träumte davon täglich anderen Menschen zu begegnen, mit Ihnen einen Teil ihres Weges zu gehen, mich mit Ihnen zu freuen, wenn sie mich bekamen, mit Ihnen zu leiden, wenn sie mich wieder hergeben mussten. Ihnen dabei zuzuschauen, wenn sie mich zusammen mit anderem Geld dazu benutzten, sich größere Dinge zu kaufen. Eine aufregende Zeit wollte ich in den Kassen der Kaufhäuser erleben, zusammen mit Meinesgleichen und anderen

Münzen. Erfahrungen austauschen, Tipps bekommen und weitergeben, ja so hatte ich es mir gedacht. An den Börsen der Welt wollte ich gehandelt werden. Zur Freude der Kinder möchte ich da sein, wenn ich verschenkt werde, wollte ich ein freudiges Strahlen bei ihnen auslösen.

Das und noch viel mehr Gutes wollte ich tun.

Meine Träume und Wünsche gutes zu tun und viel zu erleben wurden jedoch erstmal etwas abgebremst.

Wir landeten in einer Filiale der Hamburger Sparkasse und wurden hier in einen Tresor eingelagert. Hier lagen auch noch viele andere Münzen in Papierhüllsen und warteten auf ihren Einsatz. Alle Hülsen wurden nach ihrer Wertigkeit gelagert.

Einige dieser Rollen enthielten keine neuen Münzen, ein komischer Geruch ging von diesen aus und eine Aura von Unzufriedenheit machte sich um sie herum breit. Sprechen, ja das konnten wir nicht, dazu waren wir in den Hülsen zu sehr eingeschnürt, aber Befindlichkeiten, die konnte man auch ohne Worte transportieren.

Es dauerte einige Tage, dann kam unsere Rolle zusammen mit anderen Werteinheiten in den Kassenschalter. Von hier aus wurden viele von uns durch einen Geldboten abgeholt und in diverse Einzelhandelsgeschäfte gebracht. Aber hier änderte sich auch erstmal nichts unsere Rolle wurde wieder in einem dunklen Tresor zwischengelagert und nichts passierte. Ich war jetzt schon vier Monate alt und hatte noch nichts, aber auch noch gar nichts Interessantes erlebt. Hoffentlich würde sich diese Situation bloß bald ändern. Ich wollte doch endlich meinen Glanz verbreiten und am Weltgeschehen teilhaben. Na eventuell ist Weltgeschehen ja etwas übertrieben, aber zumindest stellte ich mir meine

Aufgabe etwas anders vor, als immer nur im Tresor zu liegen, aber es sollte noch viel Schlimmer werden.

Zum Glück wusste ich es jetzt noch nicht und freute mich auf meinen Austritt aus der Rolle, der doch hoffentlich bald kommen würde.

Der Tresor ging auf und einige Rollen wurden entnommen, zerbrochen und in die Wertfächer der Kassenschublade einsortiert. Und endlich, ja endlich wurde auch unsere Rolle, ich meine die Rolle in der ich, der Pfennig Nr. 152.347.214 J, eingehüllt war, zerbrochen und in eine Kassenschublade geschüttet. Nach dem Einfüllen der Pfennige wurden die Schubladen wieder in den Tresor gestellt und warteten auf die Geschäftsöffnung am nächsten Morgen.

Noch eine ganze Nacht musste ich mich gedulden bis wir evtl. aus der Kasse zu anderen Besitzern kommen und da endlich vernünftig behandelt werden.

Aber eine grausige Nacht stand uns noch bevor. Ich hätte mir gar nicht vorstellen können welche Vorurteile und welche Arroganz verschiedenfarbige Münzen einander entgegen bringen können. Das war ja schon Rassismus der da an den Tag gelegt wurde.

Ich wagte, weil ich ja so ungemein neugierig war und unwissend nebenbei auch noch, zu fragen, ob sich einer von meinen Verwandten schon einmal in den Händen anderer Besitzer befunden hatte.

Oooooooh, das hätte ich lieber nicht machen sollen.

Die Silberlinge beschimpften mich als Untergeld mit dem kein Staat zu machen sei und sie verbaten sich von uns Kupferlingen überhaupt angesprochen zu werden, geschweige sie denn als Verwandte zu betiteln.

Jeder von Ihnen war so von sich angetan, dass sie vor schwellender Brust gar nicht erkennen konnten, dass auch ihre Zeit irgendwann ablaufen würde und eingeschmolzen sind sie auch nichts mehr wert.

Das Fünfzigpfennigstück betonte ganz vernarrt ihren schönen silbernen Glanz, die nette kniende Frau auf ihrer Rückseite und schließlich sei sie eine halbe Mark, die Währung der Deutschen.

Da lachte die Mark aber erst einmal laut und überheblich auf, ich bin der Deutschen Währung, nicht halb, nicht doppelt und auch nicht fünffach. Ich bin die D-Mark und kein anderer kann es mir streitig machen. Und Euch Kupferlinge will doch sowieso keiner haben, die Goldenen will schon keiner, aber Euch will überhaupt keiner. Sie lacht noch einmal auf und Ende.

Ach die Mark macht hier mal wieder einen voll auf King, dabei ist sie nur halb soviel wert wie ich und bloß wegen ihres Namens 'Markstück' spielt sie sich auf. Sagte das Zweimarkstück, das auch als Zwickel bekannt war. Aber das ist gar nicht unser Thema, wir Silbernen wollten nur noch einmal klar machen, dass wir mit Goldenen und Kupfernen Untermünzen nichts zu tun haben wollen. Und schon bestimmt keine verwandtschaftlichen Verhältnisse. Klar?

Jetzt wurde es erst richtig unangenehm. Eine Hochnäsigkeit troff aus der Stimme des größten Silberlings, dem Fünfmarkstücks. Das Fünfmarkstück ging umgangssprachlich auch als Heiermann über den Tisch, das mochte es aber überhaupt nicht hören. Das war herabwürdigend, einem so wichtigem Geldstück, ja dem mit dem meisten Wert und dem größten Umfang und dem höchsten Gewicht, so einen schlechten Namen zu geben. Aber das waren ja die Menschen, da konnte selbst der Heiermann nichts machen. Jetzt ging die Lobhudelei aber erst richtig los. Er sei ja das einzige Geldstück das soviel Wert hat wie ein eigener Geldschein. Das im Radio und Fernsehen über ihn gesprochen wird "mit fünf Mark sind sie dabei, kaufen sie sich ein Los der Fernsehlotterie". Die Einwände, dass es auch evtl. fünfhundert Pfennige für ein Los sein könnten, wischte er mit einem affektierten Lachen vom Tisch.

Und dann habe er schon viele Kinder und Jugendliche glücklich gemacht, denn wenn er verschenkt wird dann sind die Beschenkten glücklich. So etwas passiert eben nicht wenn die Nichtsilbernen verschenkt werden. So und jetzt will ich nichts mehr von den Unterklassen hören, denn Morgen ist wieder ein langer Tag.

Und tatsächlich herrschte bis auf eine Bemerkung danach absolute Stille.

Ein goldener sagte nur noch "Gold, Silber, Bronze, so ist die Wertung, das sagt doch alles". Bum, das saß.

Ich war total eingeschüchtert und unsagbar enttäuscht, hier in der Kassenschublade lagen alles Münzen und keine fühlte sich mit den anderen verbunden. Nein, jede aber auch jede suchte nur ihren Vorteil, auch wenn die anderen dabei im Spartopf landen würden.

Ich legte mich so gut es ging zurück und harte der Dinge die da kommen würden.

Irgendwann war die Zeit der Geschäftsöffnung gekommen. Hektik machte sich überall breit. Ein Kassierer nahm die

Kassenschublade und bereitete seine Kasse vor. Ring, Ring, Schublade auf, Schublade zu und fertig war die Kasse. Wie die Schublade offen war, konnte ich einen kurzen Blick nach draußen werfen, aber bis auf sehr helles Licht konnte ich nichts erkennen. Nun hörte ich weitere Pieptöne und konnte diese nicht zuordnen. Neugierig hörte ich aufmerksam zu.

Das bekam ein Fünfmarkschein mit und sagte ganz lapidar, da werden die einzelnen Preise eingetippt, jeder Tastendruck erzeugt ein Piep und so werden die Summen addiert. Noch einmal Ring und die Lade öffnete sich, ein Geldschein wanderte in ein Fach und kleine Münzen wurden heraus gegeben. Schwupp und die Kasse war wieder zu und ich lag noch in meinem Fach. Aber vielleicht beim nächsten Mal.

So ging es noch viele Male. Ich hatte auch schon oft die Finger des Kassierers gespürt, aber immer gingen andere Münzen raus. Umso länger es dauerte, desto unruhiger wurde ich.

Dann aber, endlich, die Finger ergriffen mich und gaben mich mit einem Silbernen und zwei Goldenen einer nett aussehenden Dame zurück. Diese legte uns in ein großes Portmonee zu vielen anderen Münzen. Hallo ihr Pfennige, sagte ich und freute mich, endlich zu einem Teil meiner Bestimmung gefunden zu haben. Wie geht es Euch, habt ihr schon Abenteuer erlebt oder Menschen glücklich gemacht? Habt ihr irgendwelche Tipps für mich?

Ich würde so gerne mit Euch Erfahrungen austauschen, doch ich habe bis jetzt noch keine gemacht.
Ruhe ihr Braunen, was soll die olle Quasselei, rief der einzige Heiermann in diesem Revier?

Mir viel auf, dass alle Pfennige die Blätter am Eichenzweig hängen ließen und widerspruchslos hinnahmen, was gesagt wurde.
Auch kam keine Antwort auf meine Fragen.

Kann es den überhaupt angehen, dass wir von den Silbernen so unterdrückt

werden? Dürfen die

das überhaupt?

Aber wer sollte da etwas gegen sagen, scheinbar hatten wir ja keine Lobby.
Ich merkte wie der erste Glanz schon von mir abfiel, nur ein klein wenig, aber es begann.
Unter meinen Artgenossen sah ich mich um und viele sahen schon ganz traurig aus. Besonders die Älteren, die vor 1984 geboren wurden. Einer war ganz zerkratzt und das Eichenlaub kaum noch zu erkennen, was dem wohl alles passiert ist? Ich hätte so gerne nachgefragt, wagte es aber auch nicht, als einziger gegen den Heiermann aufzubegehren.
Unsere neue Besitzerin ging ein Treppenhaus hoch, schloss die Wohnungseingangstür auf und legte das Portmonee auf die Flurkommode. Diesen Stand- oder Liegeort hatten wir jetzt erst einmal inne.

Eine ganze Weile später, ich konnte nicht benennen wie lange es dauerte, hörte ich eine Kinderstimme. Mutti kann ich mein Taschengeld heute schon haben, bitte?
Meinetwegen, nimm es Dir aus dem Portmonee, aber nimm das Kleingeld. Oh ich freute mich schon, denn meine Hoffnung in Kinderhände zu kommen, stand kurz bevor. Wir wurden angehoben, das Kleingeldfach wurde geöffnet und eine hohe Stimme rief, ich nehme aber keine Groschen und Pfennige, die nehme ich schon überhaupt nicht. Wie ein Schlag mit einem Hammer traf mich diese Aussage, selbst kleine Kinder wollten uns Braunen und die Goldenen auch nicht. Drei Markstücke wurden aus den Silbernen heraus gefischt und schon lagen wir wieder verschlossen auf der Kommode.
Es begann mich schon zu ärgern, dass meine Bemühungen, zur Ausführung meines Berufes so früh untergraben wurden.

Am frühen Morgen, also nach einer Nacht, wurden wir unsanft geschüttelt, das Portmonee wanderte in eine Handtasche. Ich sprach meinen braunen Nachbarn an. Dummerweise ebenfalls mit Bruder oh, das war auch ein Fehler. Wie konnte ich, ich die kleinste unter den Münzen nur denken, dass ein Zweipfennigstück mein Bruder sein könnte, schließlich hat es ja den doppelten Wert und macht ihn deshalb zu etwas Besserem.
So und ähnlich äußerte sich das angesprochene braune Zweipfennigstück. Und wieder fiel eine kleine Hoffnung in mir zusammen. Jetzt ließ ich auch schon ein Eichenblatt an dem wunderschönen Ast hängen.

Pfennigdepressionen

Pah machte es aus dem Scheinfach und wieder war es ein Fünfmarkschein der mit mir sprach. Du Pfennig, denke Dir nichts dabei was der braune Zweier sagt, der ist nur eifersüchtig, weil er das nutzloseste Geldstück der BRD ist. Er ist zu nichts zu gebrauchen und hat keine Freunde, keiner will ihn. Das ist bei Dir etwas anderes, du wirst von vielen Menschen geschätzt. Einige nutzen dich als Glückspfennig und andere wiederum sammeln dich für die Brautschuhe. Dass Du von vielen Menschen genutzt wirst, das macht den Zweier rasend und deshalb halte dich lieber fern von ihm.

Danke für die nützlichen Informationen.

Dann sah ich meinen nahen Verwandten an und erkannte die Missgunst in seinem Blick. Ab hier wusste ich, dass mit dem keine Freundschaft möglich sein könnte.

Das, was der Schein gesagt hatte, ging mir noch durch den Kopf. Glückspfennig, was ist ein Glückspfennig? Oder wieso werden wir für Brautschuhe gesammelt? Alles Fragen, welche mich bewegten, aber am wichtigsten fand ich die Aussage, das es doch Menschen gibt, die mich vielleicht doch wollen und das gab mir wieder etwas Hoffnung.

Später wurde das Kleingeldfach geöffnet und unsere Besitzerin entnahm dem Fach etliche kleine Münzen und ich war dabei. Sie begann uns auf einer Glasfläche zu zählen, als eine brummige Stimme sagte, aber nicht nur mit Indianergeld zahlen, dann gebe ich ihnen keine Zeitung. Alle denken immer bei dem Kiosk kannst du das Lüttgeld los werden und ich sitze abends da und Rolle den ganzen Schiet. Das geht fast jeden Tag so, ich will das auch nicht mehr. Das Beste ist, wir machen das so wie in Finnland, die haben die kleinen Münzen abgeschafft, da gibt es jetzt eine

Schachtel Streichhölzer oder einen Bonbon statt Kleingeld zurück. Das finde ich gut, das sollten unsere Politiker hier auch mal einführen.

Nach einigem hin und her hat er das vorgezählte Kleingeld, ich inbegriffen, aber doch genommen. Auch hier waren wir Braunen nicht gern gesehen und er schmiss uns mit einem verächtlichen Schwung in einen kleinen Eimer. Das war schon sehr schmerzhaft, nicht von der Stärke des Aufpralls her, aber psychisch belastete es mich sehr stark. Nicht nur die Ablehnung durch die anderen Münzen, sondern auch durch die Beschimpfungen des Kioskbesitzers und seine demütigende Behandlung. Er hat uns weggeschmissen als ob wir mit Krankheitserregern behaftet wären.

Ich weiß zwar nicht was Indianergeld ist, aber als Lob hörte es sich nicht an.

Es dauerte wiederum nicht lange und weitere Münzen flogen mit Schwung in unseren Topf. Immer und immer wieder bis der Topf fast voll war. Der Besitzer schloss die Fensterläden, nahm unseren Topf, versperrte die Tür und machte sich brummelnd auf den Weg nach Hause. Aus dem Brummeln konnte ich einige Wortfetzen herausfiltern.

Eigentlich könnte ich die Pfennige auch wegschmeißen, da würde ich besser zurechtkommen, als wenn ich jetzt zwei Stunden mit dem Rollen vertrödele. Oder würde man mich überfallen und die Pfennige stehlen, dann würde meine Versicherung den Schaden ersetzen und ich brauchte auch nicht rollen. Brummel, brummel.

Mehr Wortfetzen konnte ich nicht zusammen setzen.

Aber das war auch genug, immer mehr wurde mir klar, dass ich unbeliebt bin, auch wenn ich nur meiner Bestimmung nachgehe. Ich bin eben "nur" Wechselgeld ohne weitere Aufgabe.

Das ist ungefähr so, als ob ein Mensch bei einem Autohersteller, am Fließband immer eine Schraube einsetzt und festzieht. Der denkt auch er ist wichtig, denn er baut ja auch viele Autos und ich wechsele ja auch viele Geldstücke, aber das interessiert keinen. Wenn es uns nicht geben würde, dann funktioniert aber etwas nicht, wir würden aber schnell ersetzt werden und in Vergessenheit geraten.

Bei mir ist es so, dass die anderen Münzen mir mit Abneigung begegneten oder mich gar nicht beachteten, denn ich hatte keinen richtigen Wert.

Dem Kollegen mit der Schraube ging es ebenso, da hieß es immer, du mit deiner Schraube, ich, ja ich baue den Motor ein oder ich setze die Frontscheibe ein und ich montiere das Lenkrad.

Durch diese despektierlichen Bemerkungen bekam dieser Mensch, genau wie ich, Gefühle der Nutzlosigkeit. Diese Gefühle konnte man uns ansehen, ich ließ meine Blätter hängen und die Menschen ließen den Kopf hängen.

Mein derzeitiger Besitzer erreichte sein zu Hause und schlurfte die Treppe bis in das 4. OG hinauf.

Mühselig kramte er den Schlüssel aus seiner Tasche und schloss die Tür auf. Den Behälter, in dem wir Braunen lagerten, es ist eigentlich eine Schande, aber zum besseren Verständnis nenne ich uns auch bei dem Schimpfnamen, stellte er in ein kleines Nebenzimmer auf den Schreibtisch. Dunkel, unaufgeräumt und muffig war es hier. Ich hoffte, das er uns schnell rollte und dann zur Bank brachte.

Meine Hoffnung war unbegründet, denn zwei volle Monate standen wir da auf dem Tisch und das Einzige was geschah, neben uns sammelten sich immer mehr Behälter mit braunen Einern und Zweiern.

Die Stimmung in den Behältern war sehr negativ geprägt, sprechen tat keiner, es wurde nur ab und zu mit den Rändern gedrückt und gestoßen, aber da hatten die Zweier auch wieder einen Vorteil, denn sie waren größer und schwerer. Meine Psyche verschlechterte sich praktisch von Tag zu Tag, ich befürchtete schon meine Blätter ganz zu verlieren. Zum Glück war es noch nicht soweit.

Eines Morgens klingelte es an der Haustür und fröhliche Stimmen lärmten im Flur. Kinderstimmen. Mindestens zwei verschiedene, ich glaube ein Mädchen und Junge. Opa, Opa dürfen wir wieder Pfennige mit Dir rollen, bitte, bitte Opa?

Ja, dass dürft Ihr gerne, aber zieht Euch doch erst einmal die Jacken aus und erzählt mir wie es Euch geht. Die Stimmen wurden so leise, dass ich nichts mehr verstehen konnte, aber das was ich gehört hatte machte mich glücklich.

Wir werden heute gerollt und dann bestimmt auch bald bei einem Geldinstitut eingetauscht.

Einige Zeit war vergangen, als unsere Behälter angehoben und in die Küche getragen wurden.

Oh Opa, das sind aber viele, hast Du extra auf uns gewartet, damit wir Dir beim Rollen helfen können?

Ja, sagte Opa, leicht verlegen. Opa du bist der Beste, wir haben uns schon so darauf gefreut.

Opa lächelte und ich hatte das Gefühl, auch wir waren damit gemeint.

Erst einmal wurden wir von den Zweiern getrennt und das machte die Situation schon viel entspannter.

Emma, Du wirst jetzt die Pfennige zu jeweils 50 Stück übereinander stellen, Max und ich Rollen dann die einzelnen Stapel.

Emma zählte 50 Pfennige ab und stellte diesen Stapel zur Höhenkontrolle der nächsten Einheiten etwas an die Seite.

Ihr könnt euch gar nicht vorstellen, welch ein schönes Gefühl es ist nach zwei Monaten von einem Menschen in die Hand genommen zu werden. Und dann war diese Berührung nicht nur geschäftsmäßig, sondern es schwang auch so etwas wie Zufriedenheit in der Berührung. Und dann waren es auch noch zarte kleine Mädchenfinger. Ich war so glücklich, das sich ein Blatt an meinem Zweig wieder aufrichtete.

Aber das Allerbeste und darüber freute ich mich ganz enorm, ich war die oberste Münze und konnte von dieser Position alles beobachten.

Vierzig Stapel zählte Emma, mit meinem einundvierzig.

Vierzehn Pfennige blieben übrig und Opa sagte, dass Emma diese in ihren Spartopf legen sollte.

Jetzt nahmen die kleinen Mädchenfinger meinen Stapel in die Hand, also ich wurde mit dem Daumen berührt, während der Zeigefinger die andere Seite hielt, zusammen wurden wir vorsichtig auf einen Papierstreifen gelegt und vorsichtig zu einer Rolle gedreht. Ebenso vorsichtig legte Emma uns zu den anderen Rollen.

So Max welche Summe an Pfennigen haben wir gerollt?

20,50 DM Opa.

Und davon zwanzig Prozent Emma, das sind wieviel?

4,10 DM Opa.

Sehr gut.

Max, Du zählst jetzt die Zweier und stapelst diese auch immer zu fünfzig aufeinander. Emma und ich rollen jetzt.

Aber, Stopp, erst einmal hole ich uns etwas zu trinken. Opa kam mit drei Gläsern Saft wieder und alle nahmen einen Schluck zu Kräftigung.

Danach ging das Stapeln und Rollen mit doppelter Geschwindigkeit voran.

Zusammen wurden 28 Rollen Zweier gefertigt und 36 Stück blieben übrig. Max die steckst du in deinen Spartopf und nächstes Mal tauschen wir wieder.

Emma welche Summe an Zweiern haben wir?

28 DM Opa.

Zwanzig Prozent davon sind, Max?

5,60 DM Opa.

Sehr gut Ihr Zwei, damit haben wir jetzt 9,70 DM für lecker Eis, oder wollt ihr das Geld lieber für Eure Spartöpfe haben.

EIS, kam es wie aus einem Munde und schon waren die Drei unterwegs.

Das war aber eine gute Idee von Opa und so fand er das Rollen auch nicht mehr so scheußlich.

Am nächsten Nachmittag wurden wir zur Haspa gebracht und die Summe der gerollten Münzen Opas Konto gutgeschrieben.

Im Tresor der Haspa musste ich nicht lange warten, zwei Tage später wurde meine und viele andere Münzrollen, wieder auf verschiedene Geschäfte verteilt. Ich landete bei

Saturn in der Mönkebergstraße. Auch hier wurden die Kassenschubladen abends mit Wechselgeld aufgefüllt und für den nächsten Morgen bereitgestellt.

Meine Schublade wurde erst zur Mittagsschicht entnommen und in die Kasse7 eingeführt. Bei der ersten Öffnung der Kasse sah ich eine nette braunhaarige Dame, so um die 35 Jahre, die mit sehr gepflegten Fingern das Wechselgeld entnahm. Ich hoffte insgeheim hier noch etwas verweilen zu dürfen, denn auch die Kunden waren ein anderes Klientel, als im Lebensmittelgeschäft. Hier wurde Technik verkauft, das ist etwas für das Vergnügen und nicht etwas Notwendiges. Ich dachte, dass Menschen die sich etwas zum Vergnügen kauften, gute Laune haben müssten und diese würde evtl. auch auf das Wechselgeld überspringen. Nach ca. einer Stunde, die Kasse hatte sich zum 27. Mal geöffnet, wurde ich aus dem Pfennigfach entnommen und einem Herren älterem Semesters, mit einem Groschen als Wechselgeld zurück gegeben.

Unter dem Arm trug er einen HP Drucker, da er nur eine und zwar die linke Hand frei hatte, wanderten wir in seine linke Hosentasche. Schwups vielen wir hinein und landeten auf vielen anderen Münzen.

Oh von solchen Menschen hatte ich schon gehört, das sind Großgeldzahler und die Münzen wanderten zu Hause in irgendeinen Behälter bis dieser überläuft. Manchmal kann es Jahre dauern bis man wieder das Licht der Welt erblickt, wenn denn überhaupt.

Aber warum machte ich mir eigentlich schon vorher Sorgen, ich weiß ja noch gar nicht ob dieser Herr so ein Großgeldzahler ist.

Pfennigdepressionen

Mit dem Drucker unter dem Arm und dem Kleingeld in der Tasche bestieg mein neuer Besitzer die S-Bahn Richtung Neugraben. So im Dunkeln der Hosentasche war es ein ganz schönes Geschaukel, in der Bahn, denn mein Besitzer hatte keinen Sitzplatz bekommen und stand nun in der Mitte der Bahn und hielt sich mit links an einer Stange fest und die rechte Hand hielt den Drucker. Das war bestimmt nicht bequem, aber dabei konnte ich nichts machen.

In Neuwiedental verließen wir die Bahn und nach weiteren 15 Minuten betraten wir eine Wohnung im Hochparterre. Der Drucker wurde abgestellt, die Schuhe ausgezogen und ich bekam einen Schock, die linke Hand griff in die Hosentasche und entnahm das gesamte Kleingeld, etwa 40 Münzen. Eine Schublade ging auf, eine Blechdose wurde geöffnet und bis auf vier Markstücke, zwei Fünfziger und einen Pfennig landete alles in der Dose. Ich war leider nicht dieser Pfennig, und deshalb wurde es dunkel um uns, als sich der Blechbehälter schloss. Die Schublade glitt ebenfalls in die Flurkommode hinein, es war ganz dunkel und auch kein Laut war mehr zu vernehmen.
Das konnte ja lustig werden, gerade hatte ich ein wenig Hoffnung gehabt und nun sank alles wieder auf einen Tiefpunkt.
Ich war total unzufrieden. Ich wollte doch nur meiner Aufgabe nachkommen, wurde jedoch immer wieder durch meine neuen Besitzer ausgebremst.

1987

Zwei Jahre und sechs Monate verbrachte ich bei dem Großgeldzahler, in der Blechdose.

Während dieser Zeit hatten sich meine Depressionen stark verschlimmert. Das schlimmste war wenn die Dose sich öffnete und weitere Münzen hinein geworfen wurden. Jedes Mal keimte die Hoffnung auf, wieder in den Umlauf gebracht zu werden. Aber nein Pfennige wurden nie heraus genommen, höchstens mal Silberlinge und diese beleidigten uns dann auch noch. Einmal sagte ein Zwickel, Tschüss ihr ohne Wert, das hat mich wieder sehr getroffen. Ich habe auch nie erfahren, wie es die anderen Braunen empfanden, denn in dieser dunklen Hölle sprach keiner, alle nahmen das Schicksal so für sich hin. Manchmal kam es mir sogar so vor, als ob sie gar nicht sprechen konnten. Das sie aber Gefühle hatten, das zeigten immer wieder die hängenden Blätter. Die Dose war jetzt schon bis zum Rand gefüllt, es wurde also Zeit uns zu rollen oder anderweitig unter die Menschen zu bringen.

An einem der nächsten Tage wurde die Schublade wieder geöffnet und unser Besitzer sagte zu jemanden, ich glaube ich muss mal wieder das Kleingeld rollen, aber ich habe keine Lust. Willst Du das nicht machen, dann kannst du 20 Prozent der Summe behalten.

Nein, kam die Antwort, auf keinen Fall.

Aber wenn wir zu Shell fahren, dann können wir mit kleinen Münzen zahlen und Du bekommst die Summe vom Konto wieder.

Das geht?

Ja, die haben an der Kasse Zählmaschinen, da brauchst du nur die Münzen einzufüllen und damit ist der Zahlvorgang abgeschlossen.

Unser Besitzer füllte alle Münzen mit einem Wert unter einer Mark in einen Beutel und fuhr dann zu einer Shell Tankstelle. Nach dem Tanken wurden wir in die Zählmaschine geschüttet und fielen im Inneren in verschiedene Auffangbehälter, jeder in seine Wertschale.

Endlich hatten wir nach langen, unbefriedigenden 30 Monaten einen neuen Besitzer.

Jetzt freute ich mich, auf hoffentlich viele weitere neue Besitzer.

Am nächsten Tag wurden die meisten von uns gerollt und vorerst in den Tresor eingelagert.

Ich durfte noch im Umlauf bleiben.

Aber leider musste ich hier wieder feststellen, dass braunes Wechselgeld nicht gerne angenommen wurde.

Meistens versuchten die Kunden markgenau zu tanken und wenn das nicht funktionierte, dann hieß es meistens, behalten sie das Indianergeld.

Auch von diesen Kunden war keine Würdigung unserer Art zu erwarten.

Meinen Allgemeinzustand verbesserte es nicht gerade, auch wenn ich nicht mehr in der dunklen Blechdose hausen musste. Aber trotzdem versuchte ich meinen Optimismus nicht ganz zu verlieren.

Aber kaum hatte ich mich wieder selbst etwas aufgebaut, als das nächste Ereignis mich wieder in die Unzufriedenheit stürzte.

Man stelle sich nur diese Schweinerei vor.

Pfennigdepressionen

Ich liege ganz ohne Hoffnung in meiner Kassenschublade und denke an nichts Böses und auch nichts Gutes, denn ich wollte nicht mehr soviel grübeln.

Ein Tankkunde kommt herein und muss 49,98 DM zahlen. Er gibt meinem Kassierer einen 50 Markschein und erhält zwei Pfennige zurück.

Da nimmt DIESER Mensch doch den einen Pfennig und gibt ihn dem Kassierer mit den Worten, ein Glückspfennig ist für Sie, zurück.

Mich nimmt er jedoch, hält mich vor seinen Mund und spuckt dreimal auf mich rauf.

So ein Schweinkram, ich bin ganz sabberig und diese ganzen Keime und Viren die jetzt auf mir liegen, pfui Teufel.

Zu guter Letzt steckte er mich in seine Hosentasche und lies mich da erst einmal ganz besabbert stecken. So schlecht hatte ich mich seit meiner Geburt noch nicht gefühlt, am liebsten wäre ich im Erdboden versunken. Aber das funktionierte aus der Tasche nicht.

Durch das Gehen des Ferkels wurde ich in seiner Hosentasche immer hin und her gerieben und damit wurde der Sabberkram langsam von mir genommen.

Das Schleimige war bald weg, aber die Erniedrigung die blieb bestehen und ich nahm mir vor diesem Kerl kein Glück bringen zu wollen. Bei ihm zu Hause angekommen legte er mich zusammen mit einem Lottoschein in den Wohnzimmerschrank. Ich war froh ihm erst einmal entkommen zu sein.

Jetzt musste ich nur noch dafür sorgen, dass er keinen Gewinn mit dem Schein machte. Sollte er nämlich gewinnen, dann könnte es sein, dass er mich behält und jedes Mal wieder auf mich spuckt und das wollte ich bestimmt nicht.

Am Samstagabend holte er bei der Ziehung der Lottozahlen den Schein und mich aus seinem Schrank und legte uns vor sich auf den Tisch.

Karin Tietze Ludwig war die Lottofee und las die Zahlen nach jedem Ziehen vor. Ich hörte nur 17, 41, ja, 'beide' sagte mein Besitzer und ich ärgerte mich schon grün. 3, 18, 24 und die 6.

So ein Mist, die ersten beiden Zahlen sind richtig und dann kommt nichts mehr.

Ich freute mich riesig.

Glückspfennig, von wegen Glückspfennig, nichts taugt der.

Der fliegt jetzt aus der Wohnung.

Mit diesen Worten ging er zum Fenster, öffnete es und feuerte mich mit einem dollen Schwung auf die Straße. So geht man doch eigentlich höchsten mit etwas wertlosem um und nicht mit einem Geldstück, dachte ich.

Oder bin ich etwa doch wertlos, so wie die Silbernen es mir schon öfter gesagt hatten?

Egal jetzt gab es wichtigeres. Ich hatte beim Aufprall auf den Asphalt einige kleinere Verletzungen erlitten, diese schaute ich mir jetzt an und beruhigte mich dann auch wieder. Es war nichts geschehen, was nicht wieder heilte, es blieben nur einige Kratzer.

Meine Psyche erlitt aber einen weiteren schweren Knacks.

So lag ich jetzt hier am Kantstein der Straße und wartete auf........ Ja auf was denn?

Glaubte ich etwa, dass mein Leben sich noch zu meinen Gunsten verändern würde? Hatte ich noch soviel Optimismus?

Ich versuchte mir meine jetzige Situation schön zu reden, denn ich war jetzt mein eigener Herr und Niemand würde mich in eine Blechdose sperren oder wieder mit 49 Brüdern zusammen rollen.

So lag ich also auf der Straße und beobachtete den an mir vorbei fließenden Autoverkehr. Nachts war es besonders schön, die Sterne leuchteten ganz hell am Himmel und eine kleine Mondsichel wanderte über das Firmament.

Ab und zu wurde der schöne Ausblick nur durch die Scheinwerfer der Fahrzeuge unterbrochen.

Da ich ganz nah am Kantstein zum Liegen gekommen bin, brauchte ich mir auch keine Sorgen zu machen, das ich überfahren werden konnte und so genoss ich mein neues Leben erst einmal in vollen Zügen.

Von Zeit zu Zeit flogen kleine Steine und Staub, die von den Autoreifen aufgewirbelt wurden, in meine Richtung und nach einigen Tagen bin ich so schmutzig gewesen, dass ich nichts mehr sehen konnte und bestimmt auch nicht mehr gesehen werden konnte. Das hieß im Umkehrschluss, dass ich für immer hier liegen bleiben würde und nur das Rauschen der Autos hörte. Diese Aussicht erschien mir auch nicht als besonders erstrebenswert.

Die besonderen Tage, die hinter mir lagen, waren sofort vergessen und meine Verzweiflung brachte immer neue Formen meines Gemütszustandes hervor.

Unter einem Berg von Staub und Schmutz wollte ich nicht die nächsten Jahre hier verbringen.

Aber was blieb mir übrig?

Schreien und Rufen nützte nichts, hier hörte mich keiner und wenn, waren es sowieso nur Münzen, die mich hören konnten, aber die würden mir nicht helfen wollen oder können.

Bewegen konnte ich mich auch nicht, also gab ich mich meiner Trauer hin und, ja und, was denn und, nichts und.

Nach guten drei Monaten, ich konnte den Tag-/Nachtrhythmus nur dadurch unterscheiden, dass nachts weniger Autos fuhren und diese Intervalle zählte ich immer mit. Seit dem Beginn meiner Blindheit habe ich 103 Tag-/Nachtrhythmen gezählt, das sind über drei Monate.

Ja, was passierte denn nach drei Monaten?

Da hörte ich ein neues Geräusch, ich kann es nicht beschreiben, aber es wurde immer lauter und kam näher und mit einem Mal wurde ich nass und durch komische Borsten aus meiner Ecke auf eine Metallfläche gebürstet und dann in ein dunkles Inneres eingesaugt.

Hier drinnen war es wirklich besonders ekelig. Jetzt wünschte ich mir ganz doll diese Güllegrube verlassen zu können und gerne würde ich mich dafür mehrmals anspucken lassen, denn das ist ein reines Vergnügen gegen diesen Matsch gewesen.

Man muss sich nur einmal vorstellen was so alles auf der Straße liegt, Zigarettenkippen, volle Tempos, weggeworfene evtl. verfaulte Essensreste, Urin und Hundekot, sowie weiterer Dreck und Schmutz zweifelhafter Herkunft. Das alles zusammen mit Wasser zu einem zähflüssigen Brei zermatscht und darin steckte ich. Der Geruch, der

Geschmack, PFUI, zum Glück hatte ich keinen Magen, den hätte ich sonst wohl entleeren müssen.

Ich schloss meine Augen und alle weiteren Öffnungen.

Durch die Bewegung der Maschine schwappte die Brühe immer hin und her und verschiedene Gegenstände wurden an mir vorbei gespült.

Da gab es Chromkorken, Steinchen, Schrauben und Nägel,

aber auch Münzen und da beging ich einen meiner größten Fehler. Viele Braune und Goldene trieben an mir vorbei und dann, ja dann stieß mich tatsächlich ein Heiermann, der größte Angeber unter den Silbernen an und ich konnte es mir nicht verkneifen, ich rief ihm hinterher, na du Angeber, jetzt steckst du wohl bis zur Fünf in der Scheiße, haha.

Ich hätte es lieber nicht machen sollen, denn jetzt schmeckte ich den Brei noch viel schlimmer und am liebsten wäre ich gestorben, aber das konnte ich ja nicht.

Was mich allerdings freute, das war der Umstand, das der Heiermann mir etwas bitter Böses hinterher rief und er damit auch dieselben Eckelprobleme hatte wie ich.

Jetzt mit dieser Erfahrung würde mir so etwas nicht mehr passieren. Ich ließ mich einfach mit der Bewegung des Breies hin und her gleiten und tat nichts mehr. Auch weitere Kollisionen ließ ich unkommentiert an mir vorüber ziehen.

Wie lange es so vor sich hin schaukelte konnte ich nicht ermessen, aber zum Glück ging auch dieses Kapitel meines Daseins irgendwann vorbei.

Das Fahrzeug oder was es auch immer sein mag, hielt abrupt an. Ein lautes Summen ertönte, der Behälter wurde angehoben, dann öffnete sich eine Klappe und der stinkende Inhalt wurde ausgekippt.

Der Schwall breiigen Inhalts ergoss sich in untereinander angeordnete Siebe mit verschiedenen Lochmaßen, im letzten blieb ich auch hängen. Nun kam ein Mann mit einem Dampfstrahler und spülte die Reste der Gülle von den Siebinhalten ab.

Was es da alles zu bestaunen gab, nicht nur unzählige Braune, nein auch Goldene und Silberne hatten sich in den Sieben gefangen. Zwei Ringe, Chromkorken, Stöcker, eine Brille und sogar das Oberteil eines Gebisses konnte ich sehen. Der Mann entleerte die Siebe und sortierte dabei Münzen und Schmuck aus, den Rest verfrachtete er in einen Abfallcontainer. Seinem Kumpel im Fahrzeug zeigte er die Ausbeute und erklärte ihm, dass sie heute Abend alles wieder teilen werden.

Das Hartgeld legte er zu weiteren Münzen und die Ringe kamen in einen ausgedienten Kaffeebecher.

Nach einer viertel Stunde hatte der Kollege das Fahrzeug gereinigt und kam ins Büro. Sie fingen an das Geld zu zählen und teilten es dann durch drei.

648,32 DM und der Schmuck.

Jeder von den beiden Männern bekam 216 DM und der Rest wurde dem Unternehmer als Gesamtsumme überlassen. Mit dem Schmuck verfuhren sie ebenso.

Ich bekam den Fahrer als neuen Besitzer, der uns freudig in seine Brotdose und dann in die Aktentasche verstaute.

So wurde ich in dieser Verpackung ca. eine Stunde transportiert, dann aus der Tasche geholt und auf einen Tisch abgestellt.

Karin komm doch mal her, diese Woche hat es sich wieder gelohnt, 216 Mark, zwei Ringe und ein Armband, möchtest du von dem Schmuck etwas behalten?

Karin kam aus dem Nebenraum und betrachtete die Auswahl. Nein das kannst du alles dem Schieber verkaufen.

Von den Münzen möchte ich aber die Pfennige haben, für Maikes Brautschuhe. Schnell wurden wir aussortiert, Karin holte eine Stofftasche hervor und schmiss uns auch da hinein. Viele, viele von uns befanden sich in der Tasche und die Meisten waren nicht glücklich darüber.

Ich natürlich auch nicht.

1990

All die Jahre verbrachten wir in diesem komischen Stoffbeutel und jedes Wochenende kamen weitere von uns hinzu. Jedes Mal versuchte ich mit den Neuen, Gespräche anzufangen, aber zu meinen Fragen konnten sie meistens keine befriedigenden Antworten geben.
Ich wollte wissen wie lange man auf Brautschuhe spart. Keiner wusste es.

Ich hätte gern gewusst welche Jahreszeit ist. Keiner wusste es.
Wer unser Finanzminister ist und ob er die Abschaffung der Pfennige in Erwägung zieht, wollte ich wissen.
Keiner wusste es.
Viele, viele Fragen hatte ich und keiner wusste etwas.

Eines Tages nahm Karin den Stoffbeutel aus dem Schrank und schimpfte ganz doll.
Maike heiratet ja doch nicht, also warum sollen wir weiter auf Brautschuhe sparen, jetzt suchen wir die Pfennige durch und rollen den Rest. Gesagt getan, die Tasche wurde auf dem Tisch ausgeschüttet und breitflächig verteilt.

Seit fünf Jahren habe ich in dieser muffelig riechenden Tasche gesteckt und darauf gewartet endlich wieder den Besitzer wechseln zu können. Jetzt kam ich dem Ziel schon ganz nahe. Und endlich konnte ich auch wieder etwas Tageslicht erkennen, durch ein Fenster fielen einige Sonnenstrahlen direkt auf uns.
Karin kam mit einem großen runden Metallgegenstand auf den Tisch zu. Langsam führte sie das runde Teil über uns hinweg. Und wie von Geisterhand schwebten wir hinauf an das, wie ich jetzt im nach hinein weiß, Magnet. Alle die an diesem Teil backen blieben, wurden zurück in die Tasche

gesteckt, ich gehörte dazu. Nur ganze vier Stück blieben ungerührt auf dem Tisch liegen, diese legte Karin in ein Schmuckkästchen, so als ob sie besonders wertvoll wären.

Die Anderen stapelte sie immer zu 50 Stück übereinander und rollte sie in das Münzpapier der Geldinstitute.

109 Rollen hatte sie zum Schluss fertig und acht Pfennige blieben übrig, die wanderten in einen Spartopf.

109 Rollen zu fünfzig Münzen, das macht 5450 plus acht.

Das sind 5458 Pfennige für diese drei Personen und ich habe mir am Anfang darüber Gedanken gemacht, was jeder Mensch mit etwas über 200 Pfennigen anfangen will. Somit stellte ich für mich fest, dass Pfennige wohl eher keine Umlaufmünzen sind. Aber das war jetzt auch egal, denn ich steckte ebenfalls in einer der Rollen und freute mich endlich mal wieder in den Umlauf gebracht zu werden.

Nächsten Tag packte Karin alle Rollen in den Stoffbeutel und ging mit uns zur deutschen Bank.

Dort an der Kasse gab sie uns ab und ließ sich dafür Großgeld aushändigen.

Sie bekam einen Fünfzigmarkschein und fünf Silberlinge, während wir Rollen in den Schrank des Kassenschalters verbracht wurden.

Von hier wiederholte sich dasselbe Spiel, das uns Pfennigen wohl so zugedacht war.

Mit vielen weiteren Münzrollen wurde ich in einem Supermarkt, mit dem komischen Namen Aldi, angeliefert. Auch hier wurden wir in die vorhandene Kassenschubladen eingefüllt.

Zur Öffnung des Geschäfts nahm eine Kassiererin die Schublade in der ich mich befand und setzte sie in das offene Kassenfach ein. Es dauerte keine zwei Minuten und ein sich immer wiederholendes Piepen wurde nur durch die Öffnung der Kasse unterbrochen. Dann ging es, Geld rein, Wechselgeld raus, Kasse zu und wieder von vorne. Hier ist Leben, hier machte es Spaß in einer Kasse zu liegen und jedes Mal bei der Öffnung einen anderen Menschen zu sehen. Und schon wieder ging die Kasse auf und oh Schreck, da sah ich dem Großgeldzahler direkt ins Gesicht.

Nein, schrie es in mir, bitte nicht zu Ihm, nicht noch einmal in die Blechdose, bitte bitte nicht, lieber Pfennigbeschützer, wer du auch sein magst, bitte helfe mir. In dem Moment näherte sich mir die Hand der Kassiererin und ergriff mich und einen Bruder von mir. Ich war am Boden zerstört, so traurig bin ich gewesen. Ich hatte das Gefühl mir würden alle fünf Eichenblätter auf einmal vom Zweig fallen.

Ich schloss die Augen und, ja und die Kassiererin legte uns zurück in unser Fach und holte dafür ein Zweipfennigstück heraus. Sie übergab dem Großgeldzahler das Wechselgeld, schloss die Kassenschublade und ich bin noch drinnen.

Ich danke Dir Du großer Pfennigbeschützer.

Zwei weitere Kassenöffnungen und ich wurde einer Dame im mittleren Alter als Wechselgeld übergeben.

Sie legte uns zusammen mit weiteren Münzen in das Mittelfach ihres übergroßen Portmonees und dann in ihre Umhängetasche.

Ein schönes Gefühl mal wieder durch die Gegend geschaukelt zu werden.

Die Tasche wurde irgendwo abgelegt, dann startete ein Motor, ein Fahrzeug fuhr los und hielt einige Kilometer später wieder an. Auto aus, Tür zu, Tasche über die Schulter und schon schaukele ich und fühlte mich seit einer sehr langen Zeit endlich mal wieder etwas wohler. Meine Besitzerin hatte schon wieder eingekauft und ging jetzt zum Bezahlen an die Kasse. 13,52 DM sagte die Kassiererin, das Portmonee ging auf und neben dem 10 DM Schein holte sie Kleingeld heraus, leider war auch ich dabei.

Aber das ist meine Aufgabe und so kann ich damit auch leben.

Auch in diesem Geschäft herrschte reger Betrieb, alle Augenblick ging die Kasse auf und dasselbe Spiel, Geld rein und raus wiederholte sich laufend.
Aber ich genoss diesen Zyklus, das sollte der Takt meines Lebens sein. Die verschiedenen Gesichter der Menschen, welche ich bei jeder Kassenöffnung erblicken konnte, machten mich neugierig auf jeden einzelnen. Aber das war gar nicht machbar, denn dafür gab es zu viele. Bei der nächsten Wechselgeldausgabe viel die Wahl auf mich.
Ein kleiner Junge, so um die 13 Jahre bekam mich in die Hand. Nach dem Verlassen des Geschäfts holte er eine kleine Astgabel, die mit einem starken Gummiband verbunden war, aus seiner Hosentasche. Mich nahm er und legte meinen Körper zwischen eine Lederlasche, die in der Mitte des Gummis befestigt war, drückte fest zu und zog an der Astgabel. Bevor ich überlegen konnte was er vorhatte, da schoss ich schon mit einer irren Geschwindigkeit auf einen Vogel zu, der im Geäst eines Baumes, auf der anderen Straßenseite saß. Zum Glück verfehlte ich seinen

Körper um zwanzig Zentimeter. Ich knallte gegen einen dicken Ast und fiel benommen in das grüne Gras unter dem Baum.

Da lag ich nun, wieder einmal nicht gewollt und mit einer Gemeinheit entsorgt.

Meine vor kurzem noch positiven Gedanken zerplatzten wie Seifenblasen und wichen den Versagensängsten und Depressionen.

Wie sollte ich hier wieder wegkommen?

Was konnte ich tun um doch noch nützlich zu sein?

Ging das überhaupt?

Am liebsten hätte ich mich ins Wasser gestürzt, aber das hätte auch nichts gebracht.

Wenn ich aber auf eine Eisenbahnschiene gerollt wäre oder in den Höllenschlund, wo wir zu Eisen geschmolzen worden sind, ja dann wäre ich zerstört und jemand würde evtl. etwas anderes aus mir machen. Einen Nagel oder eine Schraube, dann hätte ich eine sinnvolle Arbeit und würde diese gut verrichten.

In diesen Gedanken hinein flog ein großer Schatten auf mich zu. Ich schaute in die Richtung des Schattens und erblickte einen schwarz/weißen Vogel der jetzt auf mich zu hüpfte. Interessiert schaute er mich an, nahm mich in den Schnabel und drehte mich nach links und rechts. Es machte den Eindruck als ob er mich begutachten würde und das tat er wohl auch, denn er hatte eine Entscheidung getroffen. Jetzt wurde ich fest im Schnabel aufgenommen und der Vogel begann zu fliegen. Das war sehr interessant. Ich bin ja schon zweimal geflogen, einmal aus einem Fenster und vorhin von einer Abschusseinrichtung auf einen Vogel zu. Das ging alles viel zu schnell, sodass ich es nicht genießen konnte. Bei beiden Malen war ich total unvorbereitet und die Angst machte mich blind für die Schönheiten eines Fluges.

Das jetzt ging langsam von Statten und während der Luftfahrt konnte ich die Gegend unter mir betrachten, hier gab es viele Bäume und Wiesen und zwischendurch immer wieder Häuser und Straßen.

Kinder spielten in Gärten, Menschen fuhren mit dem Rad durch den Sonnenschein und Autos rollten über die Straße. Einige interessante Beobachtungen konnte ich machen.

In unsere Flugrichtung lag ein großer Baum und den steuerte mein neuer Besitzer an. In der Mitte des Baumes befand sich ein Nest und da hinein legte der Vogel mich.

Ich staunte nicht schlecht als ich weitere Münzen, einen Ring, zwei Glasscherben, einen Chromkorken und einige Stücke Silberpapier im Nest entdeckte.

Hier sammelte ein eitler Vogel glänzende und glitzernde Gegenstände. Ein merkwürdiger Vogel, kam es mir in den Sinn.

Aber hier wurde ich um meiner Selbstwillen gemocht und das gefiel mir eigentlich sehr gut. Bloß leider hatte ich hier auch keine Aufgabe und nur mit gut Aussehen, kann man sich die Zeit auch nicht richtig vertreiben.

Allerdings ist es in diesem Nest besser als unten auf dem Rasen.

Hier sollte ich nun meine nächsten Jahre verbringen. Von Zeit zu Zeit kamen neue glitzernde Gegenstände hinzu und andere wurden aussortiert. Dabei handelte es sich meistens um das Silberpapier, welches seinen Glanz verloren hatte.

Meine Neugier wich Interessenlosigkeit, mein Plappermaul wurde still und ich vermied jetzt jeden sozialen Kontakt.

Auch als mich ein Silberling ansprach, da gab ich keine Antwort.

Ich hatte jegliches Interesse verloren und wollte nur noch vor mich hin grummeln. Ich mochte mich selber nicht mehr und lebte bloß, weil ich nicht sterben konnte.

Doch einmal im Jahr passierte etwas wunderbares, wir wurden mit weichem Material abgedeckt und zwei bis drei Eier darauf gebettet. Dann setzte sich immer ein Vogel auf die Eier, bis kleine Küken schlüpften und dann wurde es richtig unruhig im Nest.

Ganz nackt und zerbrechlich kamen die Zwerge auf die Welt. Und wie sie piepten und schrien, damit sie ja nicht vergessen wurden, wenn die Eltern das Essen brachten.

Ihre kleinen Körper sahen so zerbrechlich aus, aber wenn Essen im Anflug war, dann begannen sie sich gegen ihr Geschwister durch zu setzen und kannten auch keine Freundschaft.

Zuerst waren die Racker ja noch mit wenig Essen zu beruhigen, aber je größer sie wurden, umso mehr verlangten sie von ihren Eltern. Zuerst saß immer noch ein Elternteil auf den Küken, aber nachdem das Gefieder erst einmal gewachsen war, da mussten sie schon beide unaufhörlich für Nachschub sorgen.

Den Stress konnte man den beiden Elternvögeln schon ansehen. Erst nahmen sie an Gewicht ab, dann begann das schöne Gefieder seinen Glanz zu verlieren und zum Schluss verloren sie auch immer mehr Federn.

Dann war es zum Glück auch soweit, dass die Kleinen, jetzt schon Großen, groß wie die Eltern, das Nest verließen.

Für die Beiden begann jetzt eine Phase der Regeneration, nur an sich denken, Essen erbeuten, aber nur soviel wie in

---

einen reinpasst und natürlich ausruhen, ausruhen und nochmals ausruhen. Dabei wurde der Nachwuchs, welcher sich noch in der Nähe der Brutstätte aufhielt, mit einem Auge überwacht und immer wieder vom Nest vertrieben, wenn es denn sein musste.

Nach der Erholungsphase wurde das Nest gereinigt, an einigen Stellen ausgebessert, die vorhandenen Schätze überprüft und unansehnliche Teile einfach hinaus geworfen.

Ich hatte Glück oder eventuell auch Pech ich wurde nicht als unansehnlich befunden und durfte/musste bleiben.

2001

So vergingen viele Jahre und ich hatte schon meinen Existenzzweck vergessen. Ich hatte alle sozialen Kontakte abgebrochen, na sagen wir das mal so, keiner der Münzen im Nest redete mit mir und als ich das Kommunizieren mit den Scherben und dem Chromkorken versucht hatte, kam von denen auch keine Reaktion. Also ging ich davon aus, dass die Alle nicht wollten oder konnten und somit blieb ich auch stumm.

Bis auf die Aufzucht der Jungen ereignete sich hier oben auf dem Baum auch nicht viel. Och doch, das hatte ich fast vergessen, im Frühjahr kamen die Knospen, wuchsen heran zu Blättern und fielen zum Herbst wieder ab. Ab und zu kam danach noch Schnee, das war aber verhältnismäßig selten der Fall.

Aber in diesem Jahr sollte etwas ganz besonderes geschehen.

Ich wusste es natürlich auch noch nicht, aber es würde geschehen.

Nachdem Winter, noch kurz bevor die Knospen an den Zweigen erschienen, bemerkte ich ein Klopfen und Hämmern an unserem Baumstamm. Mal hörte sich das Klopfen sehr gesund an und andere Male war der Klang hohl. Die beiden Vögel nahmen mit dem ersten Klopfen reis aus und kamen an diesem Tag auch nicht wieder.

Das Klopfen kam langsam immer höher. Zwischendurch immer wieder Gespräche zwischen zwei Männer.

Hier ist der Baum auch befallen, es lohnt sich glaube ich nicht einzelne Teile zu erhalten, ich fahre noch bis zu der Astgabel hoch und dann sollte das Ergebnis feststehen.

Langsam kam ein Brummen näher und ein Männergesicht schaute in das Nest. Hier ist ein Elsternnest und da liegen alles glänzende Dinge drinnen. Er klopfte noch einige Stellen am Baum ab und nahm dann alle Dinge mit Wert aus dem Nest.

Dieser Mann stand in einer Hebebühne und so konnte er den Baum in allen Höhen prüfen.

Jetzt nachdem diese Aufgabe abgeschlossen war, fuhren wir dem Boden entgegen. Ich konnte am Baum verschiedene Markierungen erkennen. An einigen Stellen ist die Baumoberfläche durch den Hammer zerstört und die Rinde fehlte. Darunter ist das Holz braun und faserig, es sah nicht gesund in diesen Bereichen aus.

Die Hebebühne brachte uns sicher dem Boden und dem zweiten Mann entgegen. Sieht der Baum weiter oben auch so krank aus. Ja, der muss gefällt werden, bevor etwas Schlimmeres passieren kann.

Kuck mal was ich in dem Nest der diebischen Elstern alles gefunden habe. Diverse Münzen und zwei goldene Ringe.

Die Ringe geben wir im Fundbüro ab und das Geld teilen wir, Du bekommst den Heiermann und ich nehme das Kleingeld.

Ich kam nach dieser sehr langen Zeit evtl. wieder in mein Leben zurück und bekam gleich einen neuen Besitzer.

Zuerst wanderte ich in seine Hosentasche und klimperte mit anderen Münzen um die Wette.

Ich konnte mich nach dieser langen schweigsamen Zeit einfach nicht zurückhalten. Ich musste wissen, was es in der Welt oder zumindest in der BRD neues gab. Das fragte ich dann auch gleich in die Runde.

Und oh Schreck, alle sprachen durcheinander, jeder versuchte den Anderen zu überschreien. Ihr müsst euch mal vorstellen, wie sich das bei vierzig Stimmen anhört und dann klimperten wir auch noch laut weiter. Nur Wortfetzen drangen an meine Ohren.

BRD tot, einschmelzen, DM weg, DDR, Angst, Euro, Deutschland, Politiker, EU, Kohl und noch vieles mehr. Ich konnte damit nichts anfangen. Aber was mir auffiel, alle aber auch alle Münzen sprachen durch einander und keines erhob sich über andere Geldstücke. Nein, es war ein Miteinander auf einer Ebene. Ganz stimmte es nicht, die Münzen aus dem Nest beteiligten sich nicht an den Gesprächen, sie schaukelten wie paralysiert in der Tasche herum und nahmen nichts wahr.

RUUUHE. Rief ich laut in die Tasche und es funktionierte, alle schwiegen. Könnte jetzt bitte einer erzählen, ich würde sehr gerne auf den neusten Stand gebracht werden.

Gut ich werde das Erzählen übernehmen, wenn ich jedoch etwas vergesse, dann müsst ihr mich verbessern, sagte ein Groschen. Aber erst möchten wir wissen, wo du Dich solange aufgehalten hast, dass keine der Änderungen bis zu Dir durchgedrungen sind.

Ich war in den letzten Jahren einer der Gefangenen von zwei diebischen Elstern.

Übrigens welches Jahr haben wir denn jetzt überhaupt?

Wir sind jetzt im März 2001.

So dann werde ich jetzt mit meinem Bericht beginnen.

Nach vielen, sogenannten Montagsdemonstrationen hat die Führung der DDR die Erlaubnis erteilt, dass die Menschen von drüben, ohne größeren Aufwand in die BRD einreisen durften.

Durch diese offenen Grenzen und das Umdenken der Menschen, begann ein Wandel und die Stimmen, dass die Deutsche Demokratische Republik und die Bundesrepublik

Deutschland, wieder zu einem Deutschland vereint werden solle, wurden immer lauter.

Diese Wiedervereinigung erfolgte dann auch am
03. Oktober 1990.

Dem heutigen Tag der deutschen Einheit.

Ein freier/Feiertag.

Ein guter russischer Präsident namens Gorbatschow ermöglichte diesen Zusammenschluss größtenteils. Auch der Kohl hat viel mit an der Wiedervereinigung gedreht. Viele sagen ja er wollte sich damit in die Geschichtsbücher bringen, dieser eitle Kerl. Verächtlich rutschte diese Bemerkung einer Mark versehentlich heraus. Entschuldigung sagte sie danach.

Aber diese Politiker kennen nur Ihre Vorteile und am liebsten genießen Sie ein Bad in der Menge.

Und bestechlich sind sie meistens auch noch.

Nach dem Zusammenschluss durften die ehemaligen DDR Bürger ihre DDR Mark 2 zu 1 gegen die DM Mark eintauschen. Zusätzliche Geldscheine wurde gedruckt und sogenanntes Umlaufgeld geprägt.

Was ist Umlaufgeld? Fragte ich.

Das sind wir Münzen. Antwortete der Groschen.

Halt mal eben kurz an, ich habe eine weitere Frage, wie kommt es, dass wir auf einmal alle miteinander kommunizieren ohne dass es abfällige Bemerkungen z.B. der Silbernen gibt?

Zu dem Punkt kommen wir gleich sagte der Groschen, aber hier würde ich doch die Mark bitten fortzufahren.

Ein 67ger Mark drängelte sich zwischen den anderen Geldstücken hindurch. Es dauerte fünf Schritte unseres Besitzers und ich konnte Sie in vollem Umfang sehen.

Ich war doch nicht minder entsetzt, eine D-Mark, wie konnte so eine tolle Münze so beschädigt sein? Abgestoßen, mit braunen Flecken verunstaltet, zerkratzt und der Rand mit starken Beschädigungen.

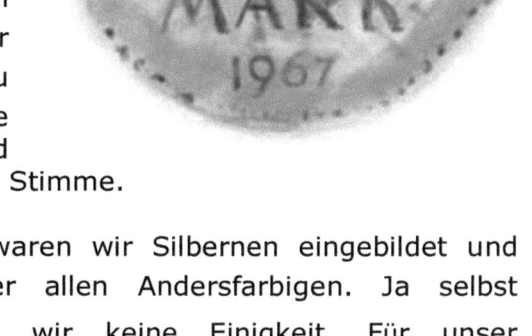

Diese Äußerlichkeiten schien Sie jedoch nur noch kämpferischer zu machen. Stolz ragte Sie vor uns auf und erhob ihre tiefe sonore Stimme.

Bis vor einem Jahr waren wir Silbernen eingebildet und überheblich gegenüber allen Andersfarbigen. Ja selbst untereinander hatten wir keine Einigkeit. Für unser unsinniges Benehmen haben wir uns öffentlich entschuldigt.

Aber es gibt meistens einen Auslöser, der Angeber zu so einem Schritt zwingt oder die zumindest in diese Richtung anschiebt.

Und der Auslöser ist in diesem Fall eine politische Entscheidung von allerhöchster Stelle. Mehrere europäische Länder wollen sich zusammenschließen und Ihre Währungen gegen eine einheitliche Neue austauschen. Deutschland gehört dazu und will seine tolle D-Mark gegen Euro, ja so soll die neue Bezahleinheit heißen, eintauschen.

Euro, wie sich das anhört, pfui.

Die können uns doch nicht das Wasser reichen.

Und weitere Beschimpfungen wurden gegen die neuen Währung ausgesprochen.

Was bedeutet das für uns, fragte ich?

Ja, was bedeutet das für uns, einige wenige werden als Sammelobjekte in Münzalben verschwinden und evtl. einmal im Jahr angesehen oder anderen Personen gezeigt werden. Die Meisten jedoch, die werden gegen die neue Währung eingetauscht und dann zur Wiederverwertung gebracht.

Wiederverwertung?

Meistens bedeutet das einen grausamen Tod durch einschmelzen.

Ganz viele von den Fünfmarkstücken mussten in den letzten Jahren schon ihr Leben lassen, weil der in ihnen enthaltene Silberanteil höher gewesen ist als fünf Mark.

Und so wird es uns anderen auch ergehen.

Das waren ja tolle Aussichten, die da auf mich oder auf uns zukommen.

Nun bin ich gerade aus der langjährigen, nicht besonders aufregenden Vogelgefangenschaft errettet worden, habe einen neuen Besitzer und könnte doch wieder meinen eigentlichen Aufgaben nachkommen, aber nein nun soll ich getauscht werden, gegen Euros.

Kein schöner Gedanke.

Keine gute Voraussetzung für eine Genesung.

Ich werde mich wohl oder übel mit meinen Depressionen abfinden müssen.

Könntet ihr mir sagen, wann die neue Währung zur Bezahlung eingesetzt werden soll?
Ende dieses Jahres soll der Euro offizielles Zahlungsmittel werden.

Unser Besitzer betrat ein Zigarettengeschäft, holte sich eine Schachtel Reno und eine Bildzeitung. Die zu bezahlende Summe zählte er dem Verkäufer pfenniggenau in die Hand.
Auch ich wechselte wieder die Seiten und ich muss sagen, es machte mir nicht mehr so richtig Spaß. Das sollte zwar mein Lebensinhalt sein, aber nach so vielen Enttäuschungen und der Aussicht bald wieder eingeschmolzen zu werden, wollte ich nicht mehr.
Beim Händler landete ich in der Kassenschublade und hatte heute auch nicht mehr das Glück, als Wechselgeld, diesen traurigen Ort verlassen zu können.
Auch hier in der Kasse war der Euro und die Währungsumstellung das Hauptthema. Jetzt hörten wir die Nöte der Geldscheine. Wir die wir aus Metall waren, hatten ja noch die Chance eingeschmolzen und zu etwas anderem verarbeitet zu werden, sagten die Scheine.
Aber sie, die immer den Reichtum verkörpert hätten, würden nur in einer kurzen Flamme erstrahlen und schon könnte ein Windhauch ihre Asche verteilen. Nichts, aber auch gar nichts würde von Ihnen bleiben. Selbst der stolze Tausendmarkschein leuchtete nur kurz auf, verbreitete dabei nicht mal Wärme und war weg.

In Erinnerung würde nur die D-Mark bleiben und auch diese nur als Währung. Zwar als sehr gute und stabile Währung, aber eben nur als "es war einmal".

Einige, egal ob Schein oder Münze, entwickelten wirre Verschwörungstheorien, Aufstände, Mordkomplotte und Terroranschläge.

Brandanschläge auf die Münzprägeanstalten, schlugen einige Geldscheine vor und stellten sich auch gleich als Brandbeschleuniger zur Verfügung.

Wir alle diskutierten mit und brachten eigene Ideen ein, mussten bei dem Punkt der Ausführung jedoch immer wieder feststellen, dass uns die Hände, die wir nicht hatten, gebunden waren.

Keine Möglichkeit auch nur eine kleine Tat zu begehen.

Keine Möglichkeit andere Personen zum mitmachen zu überreden, es konnte uns ja niemand hören.

Keine Möglichkeit uns zu verstecken.

Nichts konnten wir unternehmen, gar nichts, auch wenn wir uns jetzt fast alle verständigten und zusammen kommunizierten, die Chance etwas wirklich Wirkungsvolles zu unternehmen, blieb uns versagt.

Es ist für mich als Pfennig, als unnützer Pfennig, nicht beruhigender zu wissen, dass es jetzt allen Zahlungsmitteln schlecht ging, ich glaube die allgemein schlechte Stimmungslage zog mich noch tiefer in den Strudel meiner Depressionen hinein. Sonst hatte ich ja wenigstens die Hoffnung, dass sich im Laufe der Zeit noch etwas zum Besseren für mich ändern konnte, aber jetzt verschwand auch dieser Strohhalm, an dem ich mich immer mal wieder geklammert hatte.

Gedanken, Gedanken, Gedanken, zum Glück wurde die Kasse in diesem Moment angehoben, wir alle durcheinander geschüttelt und damit auch erst einmal unseren trüben Gedanken beraubt.

Wir wurden eine ganze Weile mit einem Fahrzeug transportiert, das merkte ich an dem Vibrieren der Kasse und dem Klimpern der Münzen.

Nach einem kurzen Weg, öffnete sich der Deckel und ich sah, dass wir uns an einem Bankschalter befanden. Unser Besitzer übergab uns Münzen an die Dame hinter der Panzerglasscheibe und hier wurden wir in einen Zählautomaten gefüllt. Innerhalb kürzester Zeit wurden wir gezählt, sortiert und gerollt.

Zusammen ergaben wir eine Summe von 624,47 DM.

Diese Summe wurde dem Kioskbesitzer auf seinem Konto gut geschrieben.

Und wir landeten in einem kleinen Tresor im Schalterbereich.

Unser Kreislauf begann am nächsten Tag neu.

Ich wurde wieder in einem Supermarkt, in eine Kassenschublade einsortiert und morgens von einer Kassiererin mit zur Kasse 2 genommen.

Ein lebhafter Kundenverkehr sorgte dafür, dass die Schublade kontinuierlich geöffnet und wieder geschlossen wurde. Zu meiner Verwunderung, gab die nette blonde Dame, die unsere Kasse bediente, nur noch an ca. jeden dritten Kunden Wechselgeld heraus. Hatten die alle Gutscheine oder wie konnte das angehen.

Ich blickte mich um, doch ich war der Einzige, den diese Tatsache irritierte. Bei dem nächsten Kunden, der die Ware ohne Bezahlung bekommt, werde ich mich bei meinem Nachbarn, einem 72er Pfennig schlau machen. Gesagt, getan.

Kasse auf, Kasse zu, kein Geld rein oder raus, jetzt langte es.

Du sag mal, warum müssen die meisten Kunden eigentlich nicht mehr bezahlen?

Ach, dass ist auch so eine Unart, die in den letzten Jahren immer mehr um sich greift. Ich habe da mal ein Gespräch belauscht, da wurde über das Für und Wider von Kredit- oder Eurocheckkarten diskutiert und das bargeldlose Zahlen propagiert.

Seinerzeit hatte ich gedacht, ich sitze in so einer 'den haben wir aber verarscht' Show, doch gar nicht lange und die ersten Kunden bezahlten mit Plastikkarten. Heute kommen Kunden und bezahlen eine Bildzeitung mit der Plastikkarte, ein Blödsinn, hält alles nur auf und wir sind die Deppen, keiner brauch uns mehr.

Die Kassenschublade ging auf und, ja und, der Großgeldzahler reichte der Kassiererin einen Zwanzigmarkschein hin und nahm sein Wechselgeld entgegen.

Ich war wieder dabei.

Ist so etwas denn überhaupt möglich?

Wir sind jetzt bestimmt 13.000.000.000 Pfennige und ich Armer bekomme zweimal denselben Besitzer. Einmal hatte ich noch Glück, da habe ich ihn nur gesehen, aber er hat mich nicht bekommen.

Also dreimal bin ich ihm begegnet, jetzt zum zwei Mal in seinem Besitz und sehr wahrscheinlich werde ich wieder in irgendeiner Blechdose landen.

Schnell verließ er den Kassenbereich und eilte zum Bäcker, aber auch da holte er einen Fünfmarkschein, zum Bezahlen hervor. Die Verkäuferin vom Backshop sprach zauberhafte Worte "haben Sie evtl. Kleingeld für mich?". Murrend steckte mein Besitzer den Schein in die Brieftasche und kramte aus seiner Hosentasche die Münzen hervor. 36 Pfennig musste er für die Brötchen bezahlen. Er zählte vier Goldene und mich in die Hand der jungen Frau.
Weg war er.
Ich kann Euch gar nicht beschreiben, wie ich mich fühlte, eine neue Besitzerin, mit einer warmen zarten Hand, auch wenn sie mich nur kurz berührte, ein Erlebnis wie im Wellnessparadies. Nie wieder wollte ich von hier weg. Bitte niemals.
Klimper, klimper und schon war meine Phantasie barsch unterbrochen und ich lag wieder in einer Kleingeldkasse. Hier ging es aber zu, wie auf einem Bahnhof, reger Verkehr und beim fünften Mal wurde ich einer Dame übergeben, die mich in ihre gelbe Riesengeldtasche steckte. Überdimensional kam mir mein neues Übergangszuhause vor.
Heute wurden wir auch nicht mehr benötigt. Die Geldbörse wurde irgendwo abgelegt und dann tat sich nichts mehr. Ich empfand es als angenehm, so mit einigen anderen Münzen zusammen, in einer gemütlichen Geldbörse, im Warmen eine Nacht zu verbringen.
Ich glaube, dass eine weitere Zeit in der Blechdose des Großgeldzahlers, zu einem psychomentalen Zusammenbruch geführt hätte.
Ich leide jetzt schon sehr unter den Umständen, des nichtgebrauchtwerden's. Immerzu denke ich daran versagt

zu haben, meine Arbeit fehlerhaft abzuliefern oder nicht genug zu arbeiten.

Meine Depressionen setzten sich immer mehr in mir fest. Dabei habe ich meine Aufgabe mit voller Euphorie begonnen und alles, an mir zur Verfügung stehender Kraft gegeben.

Dabei hatte ich wohl noch viel Glück, denn ich hätte auch jedes Mal ganz verschwinden können.

Bei dem Wurf aus dem Fenster hätte ich in den Gully fallen können. Weg!

Der Schuss mit der Zwille hätte mich in einen Teich befördern können.

Weg!

Der Baum mit dem Elsternest wäre nicht gefällt worden.

Weg!

Usw.

Ich hatte aber noch eine Frage die ich gerne loswerden wollte und die warf ich auch gleich in die Runde.

Wie kommt es, dass die Fünfmarkstücke so ganz anders aussehen als vor 10-12 Jahren?

Ein Heiermann jüngeren Datums antwortete. Unser nomineller Wert ist stark gefallen.

Das Edelmetall in meinen Vorfahren, zum Hauptanteil Silber, überstieg den DM Wert erheblich. Also wurden alle alten Fünfer durch uns, im Metall Minderwertigen, ersetzt.

Fast alle meine Ahnen hatten eine Feuerbestattung und sind in ihre Einzelteile zerschmolzen worden.

Für mich damals eine sehr traurige Geschichte, die ich aber nach meiner Rettung aus dem Elsternnest schon einmal gehört und wie ich zu meiner Schande gestehen muss, wieder vergessen hatte.

Dieses Schicksal wird uns in den nächsten 3-4 Jahren sehr wahrscheinlich alle treffen.

Wenn erst der Euro offiziell eingeführt und die Übergangsphase vorüber ist, dann werden wir, bis auf ein paar Sammlerstücke alle eingeschmolzen und weiterverarbeitet werden.

Eventuell werden wir ja zu Euros umgearbeitet.

Ohh, das Geschreie, Fluchen und Lamentieren hättet ihr hören sollen, das wollte keiner.

Ich eine D-Mark soll ein Euro werden, nein dann ertränke ich mich lieber.

Der Fünfziger schimpfte, ich soll als neues Geldstück ein Goldener werden, dass kommt überhaupt nicht in Frage.

Das Fünfpfennigstück schimpfte genauso, denn es sollte ein Brauner werden. Nie!

Der Heiermann sagte, dass es keine Fünfeurostücke geben wird, sondern nur einen Schein und das gefiel ihm überhaupt nicht.

Ich überlegte mir, dass ich auch nicht als Cent wieder geboren werden möchte. Ich würde gerne ein Teil einer Karosserie, eines schönen Autos sein. Viel würde ich sehen können, immer unterwegs, das muss toll sein. Oder in einem Flugzeug, die ganze Welt würde einem zu Füßen liegen, wenn man denn Füße hätte, aber schön stelle ich es mir schon vor.

Ich musste aufhören zu träumen und erst einmal wollte ich jetzt erfahren woher meine heutigen Mitmünzen das Wissen hatten.

Woher wisst ihr das alles?

Jedes Mal in den Geldhäusern wird viel gemunkelt, es muss zwar nicht alles stimmen, aber das Meiste wird immer wieder erzählt.

Es gibt ja auch zwei Termine die immer wieder genannt wurden und auch daran glaube ich fest. Sagte die D-Mark. Welche Termine meinst Du denn?

Am 17. Dezember diesen Jahres werden sogenannte Starterkits in Deutschland verkauft. Das sind kleine Plastikbeutelchen mit allen Euromünzen drin.

Und dann soll offiziell der 01.01.2002 der Beginn des Eurozahlungsmittels sein.

Für einen gewissen Zeitraum kann dann noch mit beiden Währungen bezahlt werden, dann aber laufen die D-Mark und wir Alle aus.

Das waren eindeutig zu viele negative Informationen die ich jetzt erst einmal verdauen musste, ich stellte vorerst keine weiteren Fragen und versuchte für mich einen Ausweg zu finden.
Aber nicht mehr heute Abend, jetzt wollte ich mich erst ein wenig ausruhen.

So langsam verstummten wir alle und es kehrte eine angenehme Ruhe ein. Den Rhythmus der meisten Menschen und Tiere hatten wir uns in den Jahren auch angenommen und die Ruhepausen, wenn es draußen dunkel wurde, die taten uns auch gut.

Nächsten Morgen kam wieder Bewegung in unseren Alltag. Die gelbe Börse wurde aufgenommen und in eine Tasche gelegt, das heißt, es schaukelte, ruckelte und rüttelte uns hin und her. Man könnte fast denken, dass sich hier Jemand aus Vergnügen sportlich betätigte.

Aber weit gefehlt, die Dame legte nur ihren täglichen Weg zur Arbeit zurück.

Leider etwas zu spät aufgestanden. Alle Sachen zusammenraffen, zur Tür eilen, die Treppen runter rasen und dann noch der Lauf zum Bäcker und weiter kann ich nicht berichten, denn hier wechselte ich abermals meine Heimstatt. Mit einigen weiteren Münzen wurde ich für eine Zeitung und zwei belegte Brötchen in die Hand einer jungen Verkäuferin, die uns wiederum in die Kasse einsortierte, gelegt.

Zu diesem Zeitpunkt machte ich mir auch nichts mehr vor. Meine Illusionen von Wichtigkeit und dem Wunsch bewegendes und hilfreiches tun zu können, verschwammen jetzt total.

Die Erschütterung überfiel mich und ließ meine Bedrückung, in Depressionen übergehen.

Ich verspürte auch nicht mehr den Wunsch als Wechselgeld diese Kasse zu verlassen. Unbemerkt von meinen Nachbarn bewegte ich mich bei jeder Geldentnahme weiter unter die anderen Münzen, so bestand evtl. die Chance erst mal nicht gefunden zu werden. Tatsächlich vergingen so sehr viele Tage bis ich bei einer Kassenleerung doch erwischt wurde und wieder in einer Sparkasse abgegeben wurde.

Ich ließ alles über mich ergehen, nahm in den nächsten Wochen und Monaten gar nicht richtig wahr was mit mir passierte. Der immer gleiche Kreislauf von

Einzelhandelskasse, Kunde und Geldinstitut blieb meinem Leben treu.

Nichts, aber auch gar nichts konnte mich mehr aufmuntern, meine Existenz hatte jetzt keinen Sinn und hatte von Anfang an niemals einen gehabt.

Meine Selbstaufgabe machte sich immer mehr darin bemerkbar, dass ich jeden neuen Einsatz zu vermeiden suchte.

Und ich wurde ein Meister in dieser Disziplin.

Arbeitseinsatzvermeider nannte ich mich bald.

Aber umso mehr ich mich verdrücken konnte umso schlimmer wurde auch mein Gemütszustand. Das wurde mir jedoch erst viel später bewusst.

Meine Ängste in den nächsten Monaten überhaupt nicht mehr benötigt zu werden und zu guter Letzt mein Münzleben in einem Schmelzofen auszuhauchen, das ließ mich schwermütig an meine Lebenszeit denken. 1984 - 2002, das ist doch keine Zeitspanne für ein Geldstück.

Die letzte Wochen und Tage bis zur Ausgabe der sogenannten Starterkits verliefen für mich wie im Tran. Im Nachhinein hatte ich keine Erinnerung mehr an die Geschehnisse, kein Ereignis hatte meine Aufmerksamkeit so angesprochen, das ich es für mich behalten hätte. Nichts, aber auch gar nicht blieb, eigentlich nur die Gewissheit das ich nicht gebraucht, gewünscht oder gewollt war. Das ist eindeutig zu wenig.

Und dann kam der 17. Dezember, der Weg meines derzeitigen Besitzers führte, wie der von so vielen, auch in ein Geldinstitut. Vier Starterkits kaufte er und fuhr stolz damit nach Hause.

Bei einem Kaffee und einigen Keksen wurde eine von den Plastiktütchen aufgeschnitten und die einzelnen Münzen begutachtet. Ich hörte das Gespräch, aber die Begeisterung hielt sich doch ganz schön in Grenzen. Wir, die alte Währung wurden hervorgeholt und mit der neuen verglichen. Natürlich war es keine Frage unsere Schönheit konnte von den Euromünzen nicht mal annähernd erreicht werden.

Aber der Glanz jedes einzelnen Geldstückes erinnerte mich an meine Anfangszeit und wenn ich jetzt so neben die Eincentmünze gehalten wurde, dann sah ich mich in ihr, vor ca. 18 Jahren.

Ich bin nicht neidisch gewesen und wünschte ihr einen erfüllteren Einsatzzyklus.

Mein Besitzer sagte zu seiner Frau, dass er jetzt alle Einpfennigstücke aufbewahren und die anderen Münzen ausgeben werde. Kaum hatte ich das vernommen, da landete ich mit weiteren zwölf Pfennigen in einer großen Bononblechdose und der Deckel wurde geschlossen.

Was bedeutete das jetzt für mich/uns?

Erst einmal konnte es unseren Tod hinauszögern. Aber ist das unter diesen Umständen wirklich erstrebenswert. Ein Dahinvegetieren in einer, wie ich jetzt wusste, englischen Toffee Blechbüchse ist bestimmt auch kein erstrebenswertes Münzleben.

Aber jetzt saßen wir im Dunkeln und harrten der Dinge die da kommen würden und tatsächlich, fast täglich öffnete sich der Deckel und weitere von uns trafen ein. Gespräche führten wir nicht mehr, über ein „guten Tag" ging unsere Konversation nicht mehr hinaus.

Jeder hing seinen Gedanken und Ängsten nach.

Nach ca. 8 - 10 Wochen ebbten die Ankünfte neuer Pfennige ab und der Blechdeckel wurde nur noch ganz selten geöffnet. Eine weitere lähmende Phase meiner Existenz begann und der Gedanke daran, doch noch eingeschmolzen zu werden, nahm immer reizvollere Aspekte an. Aber in unserer Situation konnten wir nichts dazu beitragen zu sterben, unsere Hände waren uns sozusagen gebunden.

Nur eine tägliche Routine lief kontinuierlich ab. Die Blechdose wurde angehoben und wo anders wieder abgestellt. Nach einigen weiteren Augenblicken wurde dieser Vorgang wiederholt, das war die einzige tägliche Abwechslung die uns 143 Pfennigen blieb. Keine neuen Informationen drangen zu uns durch nichts, nur auf und nieder, sonst nichts.

Erst ja nicht, aber nach einem verstrichenem Zeitraum von unnennbarer Länge, begann ich die auf und nieder mitzuzählen. Es wurde zu der einzigen geistigen Tätigkeit, die mich noch daran glauben ließ, dass ich nicht tot war.

Jetzt bin ich schon bei 3178 und der Deckel hat sich nicht wieder geöffnet. Wenn ich das so überschlage, dann sind das mit Urlauben ca. zehn Jahre Dunkelhaft. Urlaube meiner Besitzer natürlich, denn es gab zwischendurch auch mal längere Phasen in denen die Dose nicht bewegt wurden.

Nochmal 879 Tage weiter und die Dose schwebte, aber weiter als sonst üblich, an einem ganz ungewohnten Platz.

Der Deckel öffnete sich und wir wurden ausgeschüttet. Schreiend und schimpfend landeten wir auf einer Holzplatte. Ich versuchte die beiden Menschen einzuordnen, aber nach 13 Jahren hatten sich die Beiden ganz schön verändert.

Jetzt führte der Mann ein Magnet über uns hinweg und alle Münzen, die daran haften blieben, wurden zur rechten Seite gelegt. Die Anderen hatten einen Körper aus reinem Kupfer und wurden deshalb nicht vom Magneten angezogen. Diese zwölf Auserwählten kamen in eine kleine gepolsterte Schatulle und wurden weggestellt.

Wir warteten jetzt auf unser Schicksal, wurden wir eventuell doch noch zum Einschmelzen gegeben oder kamen wir für weitere Jahre in die Dunkelkammer. Ich versuchte meine Gedanken abzustellen und die Helligkeit in diesem Raum zu genießen.

Ein wohliges Seufzen entschlüpfte meiner Seele.

Unsanft riss die Stimme meines Besitzers mich aus der Harmonie der kurzweiligen Zufriedenheit.

Suche du bitte mal 8 Glückspfennige heraus und lege die Restlichen zurück in die Dose.

Nimm mich bitte, bitte. Ich hier, der schöne Pfennig von 1984, der möchte von Dir ausgewählt werden.

Ich würde so gerne wieder eine Aufgabe haben, es ist auch ganz egal was ich machen soll, bloß nicht wieder für viele Jahre zurück in die Dose, das könnte ich seelisch nicht mehr verkraften.

Hier, hallo hier bin ich. Ich lag auch ziemlich weit oben, so das die Möglichkeit ausgewählt zu werden schon ziemlich groß war.

Und jetzt kam ihre Hand auf mich zu, mein ganzer Kreislauf blieb abrupt stehen. Ich war einem Herzstillstand nahe, wenn ich denn ein Herz gehabt hätte.

Die Hand senkte sich und verteilte uns aber nur über den ganzen Tisch. Nun wurden Glanz und Unversehrtheit geprüft und die Auswahl begann.

Ihre Hand ergriff den ersten Pfennig und polierte diesen mit einem flauschigen Tuch, unter einer Lampe durfte er seinen Glanz beweisen. Scheinbar entsprach er ihren Vorstellungen, denn er wanderte nicht in die Dose zurück, sondern erhielt einen Platz an der rechten Seite des Tisches. Genauso geschah es mit dem nächsten Glücklichen, auch er wanderte nach rechts.

Dann kam die Hand erneut, griff wieder zu, polierte die Münze .... und schmiss sie aber in die Dose. Bei der Prüfung durchgefallen. Das muss ein fürchterlicher Schock gewesen sein, erst ausgewählt, dann aussortiert, Mann - o - Mann - o - Mann.

Immer wieder schwebte die segensreiche Hand zu einem Pfennig und polierte und sortierte. Ich wurde nicht ausgewählt. Sie hatte gerade die achte Münze in die Hand genommen und rechts zu den guten gelegt. Damit war das Prozedere vorüber und wir wanderten schon wieder zurück in die Dose.

Halt , ich benötige doch noch einen Glückspfennig mehr.

Das ist nun ausgleichende Gerechtigkeit, jedenfalls empfand ich es so, denn ich wurde ausgewählt, poliert und für gut befunden.

Ich war Happy und meine Beklemmungen empfand ich gleich als nicht mehr so schlimm, denn nun würde ich bestimmt eine tolle Aufgabe bekommen und darauf freute ich mich ungemein.

Mein Besitzer kam mit einigen Blatt Papier herein und legte sie auf den Tisch. Was hältst Du davon, fragte er seine Frau?

Wunschglückspfennig, das hört sich doch schon sehr vielversprechend an.

Pfennigdepressionen

Wunschglückspfennig, was ist denn das?
Sollen wir Neun das werden?
Was ist den da unsere Aufgabe?
Können wir/ich das überhaupt?

Jetzt wurde der ganze Text noch einmal vorgelesen.
Einige kleine Veränderungen im Sprachlichen, ließen die ganze Aussage noch glaubwürdiger klingen. Und jedes Mal nach einer Änderung wurde der ganze Text wieder vorgelesen.
So langsam bekam ich eine Vorstellung, worin meine Aufgabe bestehen würde.
Das ich noch einmal so einen wichtigen Auftrag bekommen würde, daran hatte ich in den letzten 4057 Tagen Dunkelhaft nicht mehr zu hoffen gewagt.
Auch wenn ich danach bestimmt lange Zeit nicht mehr genutzt werden konnte, so hatte ich doch einem Menschen sehr geholfen und konnte davon sehr lange zehren.
So eine Aufgabe hätte ich gern schon vor Jahren angenommen. Einfach toll diese Vorstellung, nützlich zu sein, gewollt zu werden und der Dank, der einem zufließt, wenn die ganze Arbeit zur vollen Zufriedenheit meines neuen Besitzers erledigt ist.
Oh, ich freute mich schon riesig und diese Freude befreite mich von meinen Grübeleien.

Das Leben konnte noch richtig schön werden.
Mein neues Ziel ist jetzt definiert und jetzt sollte es auch endlich losgehen.
Für wen ist denn der neunte Glückswunschpfennig?

Ach den wollte ich Jens geben, meinem Arbeitskollegen, bei dem haben die Ärzte gerade ein bösartiges Geschwür im

Dickdarm gefunden und der braucht jetzt eine ganze Menge Zuspruch und Glück.

Natürlich braucht er auch gute Ärzte, aber über eine Zusatzportion Glück wird er sich bestimmt auch nicht beschweren.
Ich werde das Blatt gleich noch fertig machen und dann bringe ich es im Morgen noch persönlich vorbei, dann kann er es noch benutzen bevor er ins Krankenhaus kommt.

Und er wohnt ja an der Elbe.

Und so kam es, dass ich aus dem Dunkel direkt in das helle Leben zurück katapultiert und auf die vorgesehene Stelle des Lebenshilfspapieres geklebt wurde.
Ich war stolz und mein lange, lange vermisstes Lächeln machte sich wieder auf meiner Einzerseite bemerkbar. Sogar das jetzt nicht mehr zu sehende Eichenlaub hatte wieder die gesunde Form angenommen und ließ sich nicht mehr so hängen.

Es war so schön glücklich zu sein, ich hätte die ganze Welt umarmen können, auch wenn Jemand demnächst auf mich spuckte, das würde ich hinnehmen wie ein Pfennig und außerdem sollte es danach ja ins Wasser gehen. Bei einem fließenden Gewässer wurde so ein bisschen Spucke bestimmt schnell abgespült.

Und in einem Gewässer gab es bestimmt auch viel Neues zu entdecken.

Aber jetzt wurde ich erst einmal zur Seite gelegt, damit der Kleber hart werden konnte.

Pfennigdepressionen

Die anderen acht Pfennige wurden auch auf ihre Papiere geklebt, komischerweise hörte ich hier und da ein Nörgeln und Knurren. Jetzt soll ich, ich eine Münze mit Wert weggeschmissen werden und dann noch ins Wasser, da ist es bestimmt kalt.
Einsam wird es auch sein.
Hätten die nicht jemand Anderen dafür nehmen können, es gibt doch immer Verrückte die alles besser finden, als warm und trocken in einer Dose zu leben. Die sollen sie doch nehmen. In der Nässe bekomme ich bestimmt wieder Beschwerden mit dem Eichenlaub und meiner Eins gefällt so etwas auch nicht.
Aber auch das Meckern ging vorbei und es wurde ruhig um uns. Die Lichter wurden gelöscht und die Dunkelheit hatte uns wieder.
Es war aber eine andere Dunkelheit, denn irgendwoher schimmerte es immer noch etwas und die Weite außerhalb der Dose, wirkte ebenfalls befreiend auf mich.

Also alles ist gut.

Am nächsten Morgen kam mein Nochbesitzer, faltete den Bogen zusammen und verstaute ihn in einem Briefumschlag.
Danach verschwand ich in seiner Manteltasche und wir verließen das Haus.

Eine Autotür öffnete und schloss sich, der Motor stampfte und stöhnte los (ein alter Diesel?). Einige Kilometer schwammen wir mit im morgendlichen Straßenverkehr, dann hörte das Geknatter auf und wir kamen zum Stehen.

Tür auf und zu, einige Schritte zu Fuß und eine Türglocke wurde betätigt. DingDong.

Eine kurze Zeit und die Haustür wurde geöffnet.

Hallo Uli, was machst Du denn so früh hier.

Guten Morgen Jens ich wollte Dir vor deiner OP nur noch kurz einen Wunsch übergeben. Mit diesen Worten überreichte er den Briefumschlag Jens und wünschte noch alles Gute. Und schon war mein Altbesitzer verschwunden und Jens stand noch ganz verdattert in der Tür.

Aus dem Haus hörte ich eine Frauenstimme, wer war den das?

Ach das ist Uli gewesen, der hat mir noch etwas vorbei gebracht.

Die beiden setzten sich wieder an den Frühstückstisch und öffneten den Umschlag. Jens hatte seine Brille nicht auf und gab den Inhalt an Petra weiter, lies doch bitte einmal vor.

Petra nahm das Blatt Papier und las laut vor.

Wunschglückspfennig .... Helfen bei Krankheiten .... Nutzungsbeschreibung.

Petra wurde während des Lesens immer leiser und hatte am Schluss Tränen in den Augen.

Das ist aber eine ganz tolle Idee von Uli, Dir in dieser Situation noch einen weiteren Halt zu geben. Bei dieser verflixten Krankheit kann man gar nicht genug Strohhalme zum Festhalten haben.

Jens las den Glücksgutschein noch einmal durch, Strich dann ganz vorsichtig über meinen Körper und vergoss auch noch eine Träne, welche neben mir auf das Papier fiel.

Wunschglückspfennig

Ein Wunschglückspfennig kann nur einmal im Leben
verwendet werden.
Er ist nicht übertragbar.

Helfen soll er bei:
Krankheiten und anderen Leiden.

Verwendungsart.
Sich an ein fließendes Gewässer begeben und rückwärts dazu aufstellen.
Den Wunschglückspfennig vom Papier lösen, zwischen Zeigefinger und
Daumen warm reiben, in die linke Hand nehmen, dreimal drauf
spucken, seinen Wunsch ganz leise aussprechen und mit dem letzten
Wort, über die rechte Schulter in das Gewässer werfen.

Ich wünsche viel Glück.

Wo der Uli wohl den Pfennig her hat und dann verschenkt er ihn auch noch, das ist eine ganz tolle Idee. Eigentlich mag ich ihn gar nicht wegwerfen, so viele gibt es gar nicht mehr davon.

Ich war richtig gerührt, erst poliert mich Ulis Frau, dann weint Petra als sie mich sieht, Jens streicht zart über mich hinweg und hat Tränen in den Augen. Nicht einmal weggeben will er mich.

Jetzt meldete ich mich aber zu Wort, schade dass niemand mich hören konnte.

Jens Du darfst mich nicht behalten, ich habe die Aufgabe Dir deinen Wunsch zu erfüllen und das ist meine erste richtige Aufgabe. Bitte, bitte nutze diese Gelegenheit, ich werde alles geben um Dir zu helfen.

Petra verabschiedete sich und fuhr zur Arbeit.

Jens räumte die Küche auf, steckte mich zusammen mit dem Papier in die Tasche und fuhr zur Elbe.

Bei der Hubbrücke des Este Sperrwerkes parkte er sein Fahrzeug. Ganz genau studierte er noch einmal die Bedienungsanleitung.

Erst danach stieg er aus. Der kalte Wintertag schlug ihm entgegen, ein leichtes frösteln ging durch seinen Körper.

Bis an das Geländer des Elbezuflusses, ging er mit schnellen Schritten.

Mit dem Rücken zum Wasser nahm er Aufstellung.

Ich glaube ich bin aufgeregter als Jens, die Kälte machte mir nichts aus und die Vorfreude stieg ins Unermessliche. Auch die Neugier kam noch dazu. Was wird er sich wohl wünschen? Alles das ging mir durch meine Eichenblätter. Aber jetzt wurde es spannend.

Jens löste mich vom Papier, rieb mich zwischen Zeigefinger und Daumen bis ich warm wurde. Sanft legte er mich in

seine linke Hand, spuckte dreimal leicht auf mich
....

Ja jetzt, jetzt würde er seinen Wunsch endlich leise aussprechen, ich dachte für mich, Jens spreche endlich mit mir, mach schon, ich will Dir endlich helfen, los bitte, bitte.

Jetzt brüllte er mich an, kannst Du endlich mal deinen Sabbel halten, denn ich muss mich konzentrieren um meinen Wunsch auch korrekt zu sprechen. Bei seiner Aussage lächelte er mich jedoch sehr warmherzig an.

Hat er mich wirklich gehört und hat es ihn gestört, dass ich soviel erzählt habe oder war das nur für seine eigene Beruhigung.

Auf jeden Fall freute ich mich, dass er mir nicht böse ist, das konnte ich nämlich aus seinem Blick heraus lesen.

Jetzt hörte ich die leisen Worte von Jens. Er sprach diese so eindringlich und voller Emotionen, dass man die Worte zum Verstehen des Inhaltes eigentlich nicht benötigte. Aber ich wiederhole sie natürlich für den geneigten Leser.

"Bitte lieber Wunschglückspfennig, lasse die Darmkrebsoperation gut verlaufen, hilf den Ärzten dabei, das ich keinen künstlichen Ausgang bekommen muss und lasse sie alle Krebszellen beseitigen, so das keine Chemotherapie notwendig ist und ich bald wieder ganz gesund bin".

"Danke lieber Wunschglückspfennig"

Und mit diesen letzten drei Worten flog ich glücklich über die rechte Schulter von Jens und landete platschend im kühlen Wasser.

Eine Sekunde und ich hatte mich auf die Temperatur eingestellt.

Leicht taumelnd sank ich in die Tiefe, vorbei an einem einsamen Fisch und mit einem leichten *pling* setzte ich auf einem Betonabsatz auf. Dieser Absatz bildete das Fundament der Kaimauer und verhinderte, dass ich im Schlamm versank.

Hier lag ich nun und drückte alle meine Blätter zusammen damit Jens wieder gesund wird.

Ich hatte eine Aufgabe. Mit diesem Tun ging es mir von Tag zu Tag besser. Es gab Menschen, welche ihr Vertrauen in mich gesetzt haben. Jens und Petra hofften auf das Glück, das ich Ihnen bescheren sollte.

Meine Ängste zu versagen waren so gut wie verschwunden.

Die Depressionen, welche ich allen Umständen zuschrieb, die mit dem unerwünscht Sein, dem nicht gewollt und dem nicht gebraucht Werden zusammenhingen, sollten sich in den nächsten Tagen in Vergessenheit auflösen. Je mehr ich über meine Situation nachdachte, umso mehr fühlte ich meine Lebensfreude und Ausgeglichenheit zurückkommen.

Hier unter Wasser erlebte ich auch nicht allzu viel, aber hier wollte mich auch Niemand loswerden, oder mich einschmelzen, nein hier war ich ein Gegenstand der dazu gehörte, ohne Wenn und Aber.

Dazu zu gehören ist schön.

Ich war natürlich noch sehr verkrampft, aber das gehörte eben zu meiner Aufgabe. Ich drückte jetzt schon seit vielen

Tagen meine Blätter für Jens und ich würde es auch immer weiter tun.

So ist es eben mit Aufgaben.

Es gibt welche, die tut man gern und andere eben nicht.

Diese war jetzt mein Existenzinhalt und ich mochte sie.

Natürlich gab es hier unter Wasser auch Individuen, welche mich nicht so sehr liebten, aber es muss mich nicht jeder lieben.

Zum Beispiel schwamm hier ein Fisch herum, der hatte mich nicht zum Fressen gern.

Aber auch eine ältere Wollhandkrabbe mochte mich nicht mehr, denn als sie mich entdeckte, da nahm sie mich zwischen Ihre rechte Schere und wollte mich zerteilen. Altersbedingt brach dabei die untere Scherenhälfte und somit mochte sie mich auch nicht mehr.

Aber da muss ich ehrlich sagen, dass mir diese Abneigungen eher gut taten, als das sie mich wieder in Depressionen stürzen würden.

So existierte ich glücklich und zufrieden bis zum heutigen Tag. Evtl. werde ich in 10.000 Jahren geborgen und als wertvolle Münze aus dem dritten Jahrtausend gefeiert und bewundert.

Eigentlich konnte es nur noch besser werden.

NACHSATZ

Ach ja, ich vergas ein wichtiges Ereignis zu erwähnen. Ca. 28 Tage nach meinem Eintritt in das Wasser, da lösten sich auch meine Verspannungen und es wurde Alles noch viel schöner.

An diesem besonderen Tag erschien Jens und Petra am Wasser. Sie standen genau dort wo Jens mich hinein geworfen hatte.

Jens brüllte dann auf einmal ganz laut. "Du, lieber Wunschglückspfennig, ich verdanke Dir meine Zufriedenheit, denn ich bin wieder gesund, genauso wie ich es mir von Dir gewünscht habe und es ist Wort für Wort so eingetroffen".

"Ich stehe tief in Deiner Schuld und bedanke mich ganz herzlich bei Dir".

"Lasse es Dir da unten gut gehen, Petra und ich wünschen Dir alles Gute".

Oh, meine Brust schwoll an, die Eichenblätter entkrampften sich und ich war unendlich stolz auf mich.

Ich hatte Gesundheit gegeben und bekommen.

Ich wünsche Euch viel Spaß mit Eurer Währung.

Der Pfennig von 1984.

Der Autor

Ulrich Tamm
Geboren Dezember 1955
In Hamburg

Ich begann während meiner psychomentalen Erkrankung mit dem Schreiben von Gedichten und Kinderbüchern.

Als zu der beschädigten Psyche noch ein bösartiger Darmtumor hinzukam, habe ich mich diesen Themen angenommen und versucht mir meine Probleme von der Seele zu schreiben.

Ob es bei den Lesern ankommt, das kann ich nicht wissen, aber für mich ist es der ersehnte Einstieg, in einen zwar langwierigen, aber hoffentlich auch weiterhin erfolgreichen Selbstheilungsprozess.

Ich wünsche allen Menschen weltweit, Gesundheit und nochmals Gesundheit.

Möchtet Ihr mehr erfahren, dann könnt Ihr über meine langsam wachsende Homepage `karldiekroete.jimdo.com´ weitere Informationen zu meinen Projekten und Büchern erfahren.

Für seriöse Fragen stehe ich Ihnen auch unter meiner E-Mailadresse zur Verfügung.

Pfennigdepressionen

Noch ein Gedicht zu Abschluss

Die Diagnose

Ganz einfach, schlicht und leicht,
eine Nachricht Dich erreicht.

Du hörst sie, dein Gegenüber spricht,
doch richtig verarbeiten kannst du's nicht.

Es kommt nur langsam, dann und wann,
etwas von der Wahrheit an Dich ran.

Doch wenn Du hast verbunden, der Enden
lose,
dringt sie durch, die dunkle Krebsdiagnose.

Ulrich Tamm 25.01.2014